TIMELINES

AF237044

Luca Snow
in Zusammenarbeit mit
Sabrina Dörr

KURZROMAN

TIMELINES

DIE ZUKUNFT DER VERGANGENHEIT

ISBN: 978-3-7568-0812-0
Copyright: Luca Snow
Coverdesign: Cardamon
Korrektorat: Sabrina Dörr

Instagram: _luca_snow
Tiktok: luca_snow
Twitch: luca_snow99

Verlag: BoD · Books on Demand GmbH, Überseering 33,
22297 Hamburg, bod@bod.de
Druck: Libri Plureos GmbH, Friedensallee 273,
22763 Hamburg

-Vorwort-

In dieser Geschichte spielen psychische Krankheiten eine
große Rolle. Es war mir wichtig, einige Themen in diesem
Zusammenhang zu enttabuisieren und Aufklärung zu be-
treiben. Ich bin mir sicher, man kann aus den beschriebe-
nen Ereignissen positive Denkanreize mitnehmen, jedoch
bin ich mir bewusst, dass für Menschen, denen es akut
sehr schlecht geht, ein kleiner Trigger reichen kann, um sie
auf schlimme Gedanken zu bringen. Wenn du also das Gefühl hast, dass dich harte Themen aktuell sehr stark mitnehmen, dann lese dieses Buch am besten erst, wenn es dir
besser geht. Solltest du dich jedoch fälschlicherweise bereit
gefühlt haben und von der Geschichte stark negativ getrig-
gert worden sein, dann breche sie bitte ab und zögere nicht
im Notfall nach Hilfe zu suchen. Du bist nicht allein. (Tele-
fonseelsorge 24 Stunden erreichbar unter: 0800 1110111)

Ein besonderer Dank geht raus an meinen liebsten
Kindred-Spieler, ohne den es diese Geschichte vielleicht
gar nicht geben würde.

-Gegensätze-

Zeit heilt alle Wunden und reißt sie wieder auf. Wie eine unsichtbare Hand, die aus unserer Existenz ein Leben formt, schiebt sie uns unserem unausweichlichen Schicksal immer näher, ohne dass wir es verhindern können. Wenn es nach der Wissenschaft geht, ist die Zeit gemeinsam mit dem Raum erst durch den Urknall entstanden und welcher Zustand davor herrschte, ist bis heute eines der größten Mysterien der Menschheit. Wie könnte eine zeitlose Welt bloß ausgesehen haben? Wir können uns die Nichtexistenz der Zeit genauso wenig vorstellen wie die Nichtexistenz unserer Selbst; dies offenbart, wie abhängig wir von ihr sind. Dennoch ist sie nicht nur in die Fragen des Großen und Ganzen verwickelt, sondern ebenso in den Alltag eines einfachen Menschen. Ihren hohen Stellenwert in meinem Leben war ich mir sehr lange nicht bewusst; ich dachte vor allem immer nur dann über sie nach, wenn ich das unerklärliche Gefühl verspürte, dass sie langsamer verging, wenn ich wollte, dass sie schnell verging und sie schneller verging, wenn ich wollte, dass sie stillstand.

Wie sehr ich mir doch in diesem Moment gewünscht hätte, dass ich nicht an sie gebunden wäre. Ich wusste nicht genau, wie spät ich schon dran war, aber des ungeduldigen Wackelns von Sumōkīs Beinen nach zu urteilen, war sie bereits kurz davor, wieder zu verschwinden. Doch musste ich das hier noch vollenden; ein paar wenige Details fehlten noch. Die Feinheiten des kahlen Baumstammes, auf welchem sie saß; die Haarspange, die ihre blauen Haare von ihrem Gesicht fernhielt; das Vogelnest auf dem Baum neben ihr, der noch mit ein wenig Restschnee bedeckt war, sowie das alte, ausgefranste Fischerseil, welches um einen der Äste gewickelt war und fast bis zum Boden herunterhing. Mit jeder weiteren Sekunde, die verstrich, wurde ich immer hektischer, doch meine Hand hielt ich mit großer Mühe ruhig – nur ein paar Details, nur noch wenige Striche und-

Dann sprang Sumōkī auf ihre kurzen Beine und ging ein paar Schritte über den Waldboden.

Blitzschnell faltete ich das Stück Papier in meinen Händen, steckte es zusammen mit meinem Bleistift in meine Jackentasche und ließ mein Versteck hinter mir, um ihr zu folgen.

»Da bist du ja«, sagte Sumōkī matt, nachdem ich bei ihr angekommen war. Die Blicke, die von ihren blauen Augen ausgingen und über mein Gesicht wanderten, waren jedoch kein bisschen anklagend. »Ist alles in Ordnung? Du bist noch nie zu spät gekommen.«

»Ja...alles gut«, antwortete ich ein wenig aus der Puste. Meine Haare hingen vor meinen Augen; ich strich sie hektisch weg, um Sumōkī besser sehen zu können. »Ich bin nur ein wenig zu spät losgelaufen, weil ich-«

»Kein Problem«, fuhr sie dazwischen und kam rasch auf mich zu. So wie jedes Mal holte sie daraufhin ihre alte Polaroid-Kamera hervor, stellte sich neben mich und drehte die Linse zu uns um. Ich war noch immer von dem Blitzlicht geblendet, als sie bereits das gedruckte Bild herauszog und dieses hin und her schüttelte, damit es sich schnell entwickeln konnte. Sie verstaute daraufhin die Kamera erneut in ihrer Jackentasche und ging voraus entlang unserer täglichen Route; ich rieb mir noch einmal durch die Augen, wonach ich ihr schlussendlich folgte.

Während wir über die abgefallenen Blätter und ein wenig Restschnee vom Vortag stapften, sprachen wir kein Wort miteinander, aber das war okay; Sumōkī war nun mal sehr schweigsam und die Kraft, von selbst ein Gespräch zu beginnen, hatte ich nicht. Andere hätten es wahrscheinlich nicht verstehen können, warum sich zwei Mädchen jeden Nachmittag zum Spazieren trafen, nur um sich den ganzen Weg anzuschweigen - ich wusste es ehrlich gesagt selbst nicht so genau; wusste nicht einmal wirklich, wieso wir eigentlich Freunde waren – dennoch begab ich mich ausnahmslos jeden Tag zu unserem Treffpunkt, seit wir uns zufällig vor einem Jahr an genau diesem Fleck begegnet waren. Und die Vorfreude auf diese Zeit des Tages ließ die Zeit davor auch viel erträglicher werden.

»Sag mal...«, Sumōkī blieb abrupt stehen und drehte sich zu mir um; fast wäre ich auf sie draufgefallen, »...wieso hast du eigentlich diesen Stift in deiner Jackentasche?« Trotz der kalten Außentemperaturen schoss mir sofort Hitze durch meinen ganzen Körper.

»Ich...also...«, ich strich mir durch meine Haare, kratze

mich dabei an der Schläfe und spürte bereits anhand des Kribbelns an meinen Backen, dass ich purpurrot anlief. »In der Schule...wir...wir haben-«

Doch bevor ich weiterreden konnte, hatte Sumōkī blitzschnell eine ihrer von Handschuhen ummantelten Hände in meine Jackentasche gesteckt und das kleine, zusammengefaltete Stück Papier herausgezogen.

»Ich bin nicht blind, Nemo«, sprach sie monoton. »Dachtest du, ich bemerke nicht, wenn du dich hinter einem dieser dünnen Bäume versteckst?«

»Du...du hast mich die ganze Zeit gesehen?«

»Die ganze Zeit.«

»Und wieso hast du...wieso hast du nichts gesagt?«

»Weil ich das Endprodukt sehen wollte.« Sie entfaltete das Stück Papier und blickte für einige Sekunden unbeeindruckt drauf. Alles in meinem Körper kribbelte und je mehr ich versuchte, das Brennen in meinen Wangen zu stoppen, desto stärker wurde es. Es war Jahre her, seit das letzte Mal jemand eine meiner Zeichnungen zu Gesicht bekommen hatte. Ich hielt diese Stille nicht aus; ich wollte mich am liebsten in Luft auflösen. Stattdessen riss ich ihr hastig das Stück Papier aus der Hand und steckte es wieder in meine Jackentasche.

»Es tut mir leid, ich habe dich einfach gezeichnet, ohne zu fragen, das war nicht in Ordnung. Das alles hier ist sowieso-«

»Sowieso was?«, unterbrach sie mich. Mit vor Unsicherheit und Verlegenheit tränenden Augen blickte ich sie an.

»Sowieso nur...Zeitverschwendung. Ich sollte mich lieber auf meine Schulleistungen konzentrieren, anstatt auf so einen Unsinn.« Sumōkī sagte nichts. Stattdessen ging sie einen Schritt auf mich zu, griff abermals in meine Jackentasche und steckte die Zeichnung dann in ihre eigene.

»Die gehört mir...schließlich bin ich die Person, die auf dem Bild zu sehen ist. Wenn du ein neues haben willst, musst du eben morgen nochmal eins zeichnen.« Verdutzt blickte ich sie an. Gefiel ihr diese - in meinen Augen maximal passable - Zeichnung etwa? Oder wollte sie eine neue, weil sie diese absolut furchtbar fand? Oder wollte sie...dass ich...einfach weitermachte? Fand sie es nicht schlimm, dass ich sie heimlich beobachtet hatte? Meine Wangen wurden erneut heiß – dabei hatte ich die Röte doch gerade erst unter Kontrolle bekommen.

Auf einmal bemerkte ich ein grelles blaues Licht aus meinem linken Augenwinkel. Es kam so plötzlich und sah so unnatürlich aus, dass ich zunächst dachte, es wäre einem merkwürdigen Flackern meiner Augen zu verdanken, doch anhand von Sumōkīs ebenfalls vor Schreck zusammenzuckenden Körpers verstand ich, dass es real war. Bevor wir jedoch herausfinden konnten, worum es sich handelte, war das blaue Leuchten auch schon wieder verschwunden.

»W-was war das?«, hauchte ich hervor und spürte, wie mein Herz gegen meinen Brustkorb klopfte.

»Keine Ahnung...komm, wir sehen nach.« Sie ging einen Schritt in die Richtung, aus der das Leuchten gekommen war, jedoch folgte ich ihr diesmal nicht.

»V-vielleicht sollten wir lieber davon wegbleiben...vielleicht war das...was Gefährliches.« Sumōkīs Blick war weder genervt noch wütend, als sie wieder zu mir zurückkam. Ihr schien aufgefallen zu sein, wie stark meine linke Hand zitterte, oder sie wusste es bereits, ohne es zu sehen, da ich diese Hand nie unter Kontrolle hatte, wenn mich die Angst überkam. Sie legte ihre rechte Hand über sie und ihre linke Hand darunter und blickte mir aus kurzer Distanz in die Augen.

»Lass uns zusammen atmen, Nemo«, flüsterte sie, während sie ihre Augen schloss und tief durch die Nase einatmete. Ich tat es ihr nach und als meine Lunge prall gefüllt war, stieß ich die Luft durch den Mund wieder aus. Das wiederholten wir mehrere Male. Ich schaute auf die Bewegungen ihrer Nase und Lippen, beobachtete das kontrollierte Heben sowie Senken ihrer Brust und orientierte mich daran. Die Wärme ihrer Handschuhe war angenehm; ich traute mich, ebenfalls die Augen zu schließen und versuchte, mich vollkommen auf dieses Gefühl und meine Atmung zu konzentrieren. Ich spürte nach und nach wie mein Herz, meine Hand und alles in mir begann, sich zu beruhigen. Als ich meine Augen wieder öffnete, setzte mein Herz einen letzten kleinen Schlag aus, und dann normalisierte sich das Herzklopfen wieder endgültig.

»Solange ich da bin, wird dich die Angst niemals beherrschen...«, sagte Sumōkī ruhig und ließ meine Hand wieder los. Sofort fehlte mir die Wärme. »In deinem Kopf sitzen Nemo und die Angst gemeinsam an einem Esstisch, aber Nemo entscheidet, was gegessen wird, und die Angst hat sich an Nemos Wünsche zu halten, klar?«

Auf eine seltsame Art und Weise fand ich diese Verbildlichung so grotesk, dass ich schmunzeln musste. Dann holte ich noch einmal tief Luft und ging mit neuer Kraft in die Richtung, aus der das blaue Licht gekommen war. Diesmal war es Sumōkī, die *mir* folgte.

Wir gingen zu der Stelle und sahen zunächst nichts, was erklärte, wo dieses mysteriöse Licht hergekommen war, bis

Sumōkī anfing, unter den vielen Blättern nach einer Antwort zu suchen.

»Sieh mal...«, sagte sie nach wenigen Momenten des Raschelns und streckte einen kleinen runden Gegenstand in die Luft.

»Ist...ist das eine Uhr?«, fragte ich und musterte das Objekt – es sah ganz nach einer alten Taschenuhr aus. Das schwarze Gehäuse war vom Waldboden dreckig und an einzelnen Stellen mit matschigem Schnee befleckt, aber früher hatte es bestimmt wunderschön geglänzt.

»Scheint so...das Ziffernblatt ist blau.«

»Aber das Leuchten kam doch niemals von einer Uhr«, entgegnete ich kopfschüttelnd und begann nun ebenfalls unter den Blättern nach einer anderen möglichen Ursache zu suchen. Es dauerte nicht lange, dann spürte ich ebenfalls einen harten, kühlen Gegenstand an meinen Fingern.

»Hä...hier ist noch eine Uhr«, sprach ich, nun noch verwunderter als zuvor, als ich den Gegenstand von den Blättern befreite. »Sie ist auch blau.« Was hatte das bloß zu bedeuten? Solch eine merkwürdige, aber gleichzeitig wunderschöne Uhr hatte ich noch nie zuvor gesehen, und hier lagen gleich zwei davon auf einem Fleck?

»Läuft deine auch rückwärts?«, fragte sie mit gerunzelter Stirn. Ich blickte auf das blaue Ziffernblatt, das mit eleganten goldenen Zahlen und Zeigern verziert war – der Sekundenzeiger drehte sich so, wie er es tun sollte: in Richtung Uhrzeigersinn.

»Nein...meine läuft vorwärts.« Ich schleppte mich über die feuchten Blätterhaufen zu Sumōkī und blickte auf ihr

Ziffernblatt...und tatsächlich, dieser Sekundenzeiger wanderte in die entgegengesetzte Richtung.

»Aber sieh mal«, sagte ich und deutete auf den Minutenzeiger. »Der läuft vorwärts und unsere Uhrzeiten sind identisch. Es müsste auch korrekt sein. Die Zeit passt.«

»Was? Es ist schon nach 6?«, fragte Sumōkī und wirkte dabei zum ersten Mal unruhig, als sie in den Himmel blickte. Ihre Augen weiteten sich, als hätte sie bis jetzt komplett vergessen, wo sie war. »Die Sonne geht ja schon unter. Ich muss nach Hause.« Sie sprang auf und lief zügig von mir weg, die Uhrkette von ihren Fingern baumelnd.

»Aber...was machen wir mit den Uhren?«, versuchte ich ihr hinterherzurufen, auch wenn ich es mit meiner schwachen Stimme nicht schaffte, zu brüllen.

»Bring sie morgen wieder mit, dann finden wir es heraus!«, rief sie im Laufen. »Morgen selbe Zeit!«

»Morgen selbe Zeit«, flüsterte ich leise vor mich hin, während ich beobachtete, wie sie sich immer weiter von mir wegbewegte, ihre blauen Haare wild um sie herumwehend, bis sie schlussendlich aus meinem Blickfeld verschwand.

Auf dem Nachhauseweg ließ ich meine Uhr immer wieder durch meine Finger gleiten und betrachtete sie von jeder Seite, jedoch schien nichts Besonderes an ihr zu sein, außer dass sie visuell so einzigartig war: das edle blaue Ziffernblatt, die geschwungenen goldenen Zahlen...sie sah zwar bezaubernd aus, doch ansonsten war es einfach eine stinknormale Uhr. Aber wenn die Uhren nicht das Leuchten verursacht hatten, was war es dann gewesen? Schließlich hatte ich so etwas noch nie zuvor erblickt. Sumōkī hatte jedoch gesagt, wir würden es morgen gemeinsam herausfinden, also steckte ich die Uhr in meine Jackentasche und gab mir Mühe, für heute mit dem Thema abzuschließen.

»Das duftet aber gut«, flüsterte ich vor mich hin, als ich zuhause angekommen war. Ich zog meine Schuhe aus, hing meine Jacke auf den Kleiderständer und folgte dem Geruch bis zur Küche. »Ich bin zuhause, Großmutter«, sprach ich zu der kleinen Frau, die gerade dabei war, das Geschirr zu spülen. Ihre grauen Haare waren zu einem Zopf zusammengebunden.

»Hallo, Nemo, hattest du einen schönen Nachmittag?«, fragte sie freundlich und drehte sich mit einem warmen Lächeln zu mir um.

»Ja...ja, sehr schön«, antwortete ich ein wenig verlegen. Ob ich das mit den Uhren erzählen sollte? Lieber nicht, nachher bereitete ich Großmutter noch Sorgen.

»Schau mal, dein Essen steht schon bereit«, sagte sie grinsend und deutete auf den hölzernen Esstisch.

»Vielen Dank«, sagte ich und führte eine kleine Verbeugung durch, woraufhin ich mich an den Tisch setzte. Ich blickte in meine Schüssel. Es gab heute Ramen; ich liebte Ramen. Ich faltete meine Hände zusammen, schloss kurz die Augen, bedankte mich gedanklich bei den Zutaten meines Gerichts, öffnete die Augen wieder und griff dann eifrig nach meinen Stäbchen, um die köstlichen Nudeln zu meinem Mund zu führen.

»Schmeckt super«, sprach ich mit vollem Mund und schlürfte daraufhin alle herunterhängenden Nudeln bis in meine Backen hinauf.

»Das freut mich sehr.« Meine Großmutter stellte die letzte saubere Schüssel in den Schrank und setzte sich dann zu mir an den Tisch. »Aber sag mal, wollte Sumōkī denn nicht zum Essen kommen?« Mir wurde wieder ein wenig heiß. Ich hatte gehofft, sie würde es nicht ansprechen. Aus irgendeinem Grund war es mir unangenehm zu erzählen, dass ich sie nicht einmal gefragt hatte.

»Sie musste leider schon früh nach Hause. Bestimmt hatte ihre Mutter bereits Essen für sie vorbereitet.« Das war wenigstens ehrlich, denn das vermutete ich wirklich – allerdings entsprach diese Annahme nicht ansatzweise der Realität.

Als Sumōkī die Haustür öffnete, wurde sie nicht von dem Geruch von frisch gekochten Ramen oder sonstigem Essen begrüßt; stattdessen von dem brennenden Gestank von Zigaretten und Alkohol. »Du bist zu spät!«, keifte sie eine dürre, schwarzhaarige Frau an, die auf der Couch eines Wohnzimmers lag, das mit verfaultem Essen, benutzten Spritzen und überfüllten Aschenbechern zugemüllt war. Draußen ging die Sonne noch immer unter und tauchte den Himmel in wunderschöne warme Farbtöne, hier drinnen war aber nur wenig davon zu sehen, da die schäbigen Vorhänge zugezogen waren. Ein paar der letzten Sonnenstrahlen schienen schwach durch sie hindurch und mischten sich mit dem Rauch, der dauerhaft in der Luft hing; gemeinsam tauchten sie das Zimmer in ein dämmriges, vernebeltes Licht. »Verzeihung, Mutter«, antwortete Sumōkī kalt.

»Das kannst du dir sonst wo hinstecken!«, lallte die Frau und blinzelte ihre Tochter zornig an. »Hast du mir wenigstens meinen Vodka mitgebracht?«

»Nein, Mutter, ich darf doch keinen Alkohol kaufen.«

»Du kleine Lügnerin! Als ich 13 war, bin ich auch schon an alles rangekommen, spiel mir doch nichts vor! Du bist einfach nur ein unnützes, faules Gör, das bist du!«

»Ich gehe jetzt auf mein Zimmer, Mutter, gute Nacht«, sagte Sumōkī monoton und wandte ihren ausdruckslosen Blick ab.

»JA, GEH NUR, DU UNDANKBARES KLEINES DRECKSSTÜCK!«, plärrte ihre Mutter und ein Teller flog nur eine Haaresbreite an Sumōkīs Gesicht vorbei, woraufhin er an der Wand zerschellte. Ohne eine Miene zu verziehen, ging sie an den Scherben vorbei weiter in Richtung ihres Zimmers. »ICH HABE DIR DEIN LEBEN GESCHENKT, DICH AUFGEZOGEN, ICH LASSE DICH UNTER MEINEM DACH WOHNEN-«

Das Gebrüll wurde so dumpf, nachdem Sumōkī ihre Zimmertür geschlossen hatte, dass sie es nun wieder ignorieren konnte. Sie schloss ab, warf ihre Jacke, ihre Handschuhe und ihre restliche Kleidung über ihren Schreibtischstuhl und legte ihre Uhr auf den Nachttisch. Dann legte sie die Zeichnung sowie das Polaroid-Bild von uns beiden zu den anderen in die Schublade ihres Nachttisches und nahm zwei andere Gegenstände in die Hände.

Ihr Blick wanderte zunächst auf ihre linke Hand - auf ein weiteres Polaroid-Bild, welches vier grinsende Personen abbildete, die an einem hölzernen Tisch saßen: ein Mann mit kurzen blauen Haaren und einem kantigen Gesicht; eine schlanke Frau mit langen schwarzen Haaren; eine Teenagerin, die passend zu ihrer Haarfarbe dunkel gekleidet und geschminkt war, sowie ein kleines Mädchen mit blauen Haaren und einem Teddybären im Arm. Sumōkī warf einen Blick auf das Bett, auf welchem sie saß, und sah eben diesen Teddy, nur in völlig anderer Form. Nachdem ihre Mutter ihn angezündet hatte, war es Sumōkī zwar gelungen, ihn zu retten, jedoch platzte die Stofffüllung aus dem ehemals plüschigen, heute mattierten und leicht verkohlten Körper heraus und die Arme, Beine sowie Augen ließen sich nur durch absolute Vorsicht zusammenhalten. Dann legte sie das Bild wieder in die Schublade und widmete sich dann dem Gegenstand in ihrer rechten Hand: einem Küchenmesser.

Sie betrachtete ihren Körper. Die vernarbten Arme und Beine; die vernarbte Brust; der vernarbte Bauch; die frisch verwundeten Hände, auf deren Rücken sich kaum noch Haut erkennen ließ und die Handinnenflächen, die noch frei von Verletzungen waren.

Sumōkī schloss ihre Augen und begann, in die dünne Haut ihrer linken Hand zu schneiden, zuerst langsam, doch je intensiver das Brennen zunahm, desto tiefer ging sie hinein - hinein in eine Welt, in der sie in der Lage war, etwas zu spüren, durchströmt von Energie, durchströmt von Leben, durchströmt von Wut. Sumōkī ließ ihren Rücken auf ihr Bett sinken und schlenderte gemeinsam mit der Klinge entlang ihrer Haut, als würde sie mit ihr tanzen, als würde die Klinge sie führen, sie beschützen. Die Blutperlen fühlten sich wie Seide an, wie ein Kleid, das sich bei jeder Drehung im Tanz elegant um die nackten Beine wickelte. Dann erschien das Feuer – das Feuer, dem sie nicht entweichen konnte, das sie aus dieser schöneren Welt verbannen wollte, zurück in den Abgrund, in dem es nichts zu spüren gab. Es wurde so heiß, aus Energie wurde Unerträglichkeit und sie ließ das Messer schließlich auf das Bett fallen.

Sie fühlte sich, als hätte sie die Dimension gewechselt, als sie auf ihre linke Hand blickte und in der sich anschleichenden Dunkelheit gerade noch erkennen konnte, wie das Blut ihre helle Bettwäsche dunkelrot färbte. Doch irgendwie war es auch hypnotisierend.

Plötzlich wurde Sumōkī so müde; die Energie der letzten Sekunden war für sie von dem einen auf den anderen Moment wie etwas geworden, das nie dagewesen war – sie spürte nur noch Leere. Diese überwältigende Leere, die jedes Mal zurückkehrte, vollkommen gleich, mit wie viel Schmerz sie diese bekämpfte. Sie erhob sich und griff nach den Taschentüchern auf ihrem Nachttisch, doch als sie sich gerade eins nehmen wollte, bemerkte sie ein leichtes blaues Schimmern. Ungläubig blinzelte sie einmal – es kam tatsächlich von dieser Taschenuhr. Jedoch schimmerte nicht das Ziffernblatt, sondern ein Schieberegler an der Seite, der erst jetzt, im Dunkeln, richtig zu erkennen und uns deswegen draußen nicht aufgefallen war. Ohne groß drüber nachzudenken, erhob sich Sumōkī, ihre Erschöpfung plötzlich wieder von Neugier abgelöst, ging auf die Uhr zu und schob wie hypnotisiert den Schieberegler nach unten, wonach ihr gesamtes Zimmer, inklusive sie selbst, in einem Meer aus blauem Licht ertranken.

-Der Tag vor dem Morgen-

Während ein Mensch träumt, ist er meist vollkommen davon überzeugt, dass alles, was er im Traum erlebt, der Realität entspricht, sei es auch noch so absurd. Wenn er schließlich wieder aufwacht, stellt er sich die Frage, wie um alles in der Welt er nicht realisieren konnte, dass dies alles ein Traum gewesen war. Die Eindeutigkeit, was wirklich oder unwirklich ist, ist also für einen Menschen nicht in jeder Situation gegeben.

Nachdem Sumōkī langsam ihre Augen geöffnet hatte, betrachtete sie zunächst ihren eigenen kleinen Körper, den keine einzige Narbe zierte. Daraufhin fiel ihr ein Teddybär ohne Gebrauchsspuren ins Auge, der neben ihr im Bett lag, wonach sie ein zweites Bett sah, das in der anderen Ecke des Zimmers stand. Dann drehte sie ihren Kopf ein wenig nach links und der Anblick, der dort auf sie wartete, elektrisierte sie von Kopf bis Fuß. Sofort warf Sumōkī sich ihre Bettdecke vom Leib und stürmte auf die schwarzgekleidete junge Frau zu, die gerade dabei war, sich vor dem Spiegel zu schminken.

»Alter!«, raunzte sie als Sumōkī fest ihre Hüfte umschlang. »Ich hätte mir fast die Backe angemalt. Was ist denn los?«

Doch Sumōkī antwortete nicht. Sie umklammerte wie paralysiert den Körper des anderen Mädchens. War alles etwa nur ein schrecklicher Traum gewesen? Ein schrecklicher Traum, der sich angefühlt hatte wie Jahre? Es musste sein, schließlich war ihre Schwester, die sie in diesem Moment umarmte, real. Sie spürte ihren Puls durch ihre Bauchdecke, die Wärme ihrer Haut, ihr schwarzes Haar, das sie im Gesicht streifte, sowie das Zappeln, mit dem sie versuchte, Sumōkī von sich abzuschütteln. All das war echt.

»Sag mal, hast du sie nicht mehr alle?« Sie löste ihr Bein mit einer hektischen Bewegung, bei der sie fast stolperte; Sumōkī stand daraufhin bloß wie angewurzelt da. »Haaalloo, Erde an Nervensäge, ich rede mit dir.« Nicht ein Laut entwich Sumōkīs Mund. Ihr Blick war starr auf ihre Schwester gerichtet.

»O Mann, du hast echt 'nen Schaden manchmal.« Sie füllte die letzte rosa Stelle ihrer Lippe mit schwarzer Farbe, wandte sich dann von dem Spiegel ab und öffnete die Zimmertür. »In fünf Minuten gibt es schon Frühstück, zieh dich wenigstens mal vernünftig an.« Sie schloss die Tür und ließ Sumōkī fassungslos in dem Zimmer zurück. Diese ging daraufhin zum Spiegel und erblickte sich selbst in ihrem blauen Schlafanzug. Das merkwürdige Empfinden, als hätte sie diesen seit Ewigkeiten nicht mehr getragen, durchdrang sie, auch wenn sie wusste, dass sie ihn jeden Tag anhatte. Und war sie eigentlich schon immer so klein gewesen? Sie hatte das Gefühl, als müsste sie viel größer sein als die Gestalt, die sie im Spiegel anstarrte. Wieso war sie nur so verwirrt? Sie schloss die Augen fest, zählte bis drei und öffnete sie dann wieder. Doch alles sah noch genauso aus wie vor wenigen Sekunden. Fremd und zugleich extrem vertraut, als würde man nach Jahren in die Flure seiner Grundschule zurückkehren.

Sie kramte aus ihrem Schrank eine gemütliche Hose sowie ein T-Shirt mit einem darauf abgebildeten Einhorn heraus, zog sich um, nahm ihren Teddybären und umklammerte ihn fest. Dann verließ sie zusammen mit ihm im Arm ihr Zimmer. Das Haus war blitzeblank geputzt und der Geruch, den sie vernahm, kündigte frischgebackene Croissants an. Sumōkī kannte den Geruch nur zu gut, so aßen sie immerhin jeden Sonntag. Dieser Geruch bedeutete für sie Geborgenheit und langsam glaubte sie, wieder in der Realität anzukommen. Sie wurde etwas lockerer. Es war wahrscheinlich nichts weiter als dieses seltsame Phänomen gewesen, das man manchmal erlebt, wenn man aus einem intensiven Traum aufwacht und kurzzeitig keine Orientierung hat. Doch so langsam fühlte sie sich wieder wie sie selbst; der Boden unter ihren nackten Füßen erdete sie. Als sie dann jedoch an dem Esstisch ankam, versetzte sie ihr Körper erneut in eine Schockstarre. Sofort fiel ihr ein großer, sportlicher Mann mit blauen Haaren und einem kantigen Gesicht ins Auge, der auf einen kleinen Laptop starrte, auf welchem den Geräuschen nach zu urteilen ein Fußballspiel lief.

»Vater...«, flüsterte Sumoki so leise, dass niemand sie hören konnte.

»Sicher, dass du nur Haferflocken möchtest, Liebling?«, ertönte dann die fröhliche Stimme einer schlanken Frau, die eine Schüssel vor ihrem Mann abstellte.

»Auf jeden Fall, solange die Frage für die Nummer 1 noch offen ist, kann jede Mahlzeit entscheidend sein.«

»Ihr fliegt doch sowieso in der Vorrunde raus, egal, wer von euch im Tor spielt«, sagte Sumōkīs Schwester abfällig, ohne ihren Blick von dem Smartphone abzuwenden, auf welchem sie gerade herumtippte. Wovon sprachen die beiden nur? Tor; Nummer 1; Vorrunde? Aber dann fiel es Sumōkī plötzlich wieder ein und sie wunderte sich, wie sie es nur hatte vergessen können. Ihr Vater war Torwart bei der japanischen Nationalmannschaft und würde am morgigen Tag zur Weltmeisterschaft in den Vereinigten Staaten aufbrechen – etwas, worauf die Familie seit langer Zeit hin fieberte und allen Bekannten voller Stolz erzählte. Doch warum überkam Sumōkī dann in diesem Moment das überwältigende Gefühl, ihn nicht gehen lassen zu wollen? Es kam so plötzlich und so stark auf, dass sie sich fast davon erschlagen fühlte und kurzerhand nach der Wand greifen musste, um nicht das Gleichgewicht zu verlieren. Sie konzentrierte sich auf die männliche Stimme, die nun wieder sprach; eine Stimme, die ihr schon immer die Angst hatte nehmen können. Eine Stimme wie ein Leuchtturm.

»Warte nur ab, Yuna! Vielleicht kehrt dein Vater auch mit dem WM-Pokal nach Hause zurück und reibt ihn dir unter die Nase.« Beide schmunzelten und aus irgendeinem Grund sorgte dieser Anblick dafür, dass Sumōkī eine Träne über ihre rechte Wange lief.

»Hey, mein Schatz, was ist denn los?«, fragte ihre Mutter, die sie nun bemerkt hatte, und legte dabei ein riesiges Blech voller himmlisch duftender Croissants auf dem Tisch ab.

»Frag nicht, die benimmt sich schon den ganzen Morgen

wie ein Freak«, sagte Yuna.

»Sei nett zu deiner Schwester«, entgegnete Sumōkīs Vater streng.

Ihre Mutter kam auf sie zu, kniete sich zu ihr herab und wischte ihr die Träne von den Backen. Ihr lächelndes Gesicht hatte eine unbeschreibliche Wärme in Sumōkīs Körper zur Folge. Sie fühlte sich so geborgen, so sicher, so geliebt – und wusste kaum was damit anzufangen, als hätte sie aus irgendeinem Grund vergessen, wie sich sowas anfühlt.

»Ich...ich...«, stammelte Sumōkī und umklammerte daraufhin den Körper ihrer Mutter, wonach die Tränen in Strömen aus ihren Augen flossen. »Ich bin einfach so froh, dass ich euch alle habe.«

Der restliche Tag wurde zu einem der schönsten, den Sumōkī je erlebt hatte, auch wenn es nur ein klassischer Sonntag war, an dem sie Karten spielten und zusammen aßen. Yuna beschwerte sich zwar die ganze Zeit darüber, nicht bei ihren Freunden sein zu können, doch war sie bei den Spielen immer Feuer und Flamme und gab alles, um zu gewinnen. Selbst ihre Sticheleien, wenn sie gewann, nervten Sumōkī heute nicht. Im Gegenteil: Sie verspürte nichts außer Liebe. Am Abend tischte Sumōkīs Mutter auf Wunsch ihres Vaters gebratenen Reis mit einer Gemüsepfanne auf und als jeder am Tisch saß und bereit war, das köstlich duftende Essen mit seinem Mund vertraut zu machen, stand Sumōkīs Mutter plötzlich wieder auf.

»Wartet!«, rief sie und huschte zu einem der vielen Holzschränke herüber. Dann kramte sie einen Gegenstand hervor, der Sumōkī sehr bekannt vorkam. Es war eine kleine weiße Polaroid-Kamera. »Wir müssen noch ein

Familienfoto machen.«

»Och nö, nicht schon wieder«, raunzte Yuna und ließ ihren Kopf in die Hände fallen. »Können wir nicht einfach wie jede andere normale Familie *nicht* jeden Sonntag ein Foto machen?«

»Wichtige Momente müssen eingefangen werden, man weiß nie, wann es sie nicht mehr geben wird«, entgegnete Sumōkīs Mutter und befestigte die Kamera an einem großen Stativ.

»Warum musst du immer so depri sein? Ich dachte, ich bin hier die Emo-Tante«, antwortete Yuna darauf, doch sie schmunzelte dabei. Sumōkīs Mutter verdrehte die Augen, aber ihre Mundwinkel spiegelten das Schmunzeln ihrer Tochter wider. Dann drückte sie einen großen Knopf an dem Fotoapparat und hastete zu dem Esstisch herüber. »O, Sumōkī, halte deinen Teddy doch auch mit in die Kamera!«, sagte sie, woraufhin Sumōkī ihren kleinen Stoffbären freudig vor sich hielt und sich in Richtung Kamera drehte. »Bitte alle einmal lächeln!«, rief ihre Mutter fröhlich und alle blickten in die Linse hinein, woraufhin ein heller Blitz sie kurzzeitig blendete.

»So, jetzt dürft ihr Essen!« Sumōkīs Mutter ging zurück zur Kamera und zog ein Foto heraus, währenddessen die restlichen drei ihre Hände zusammenfalteten und anschließend nach ihren Stäbchen griffen. Als ihre Mutter wieder an ihrem Platz angekommen war, versuchte Sumōkī einen ersten Blick auf das sich entwickelnde Foto zu werfen, jedoch konnte sie noch nichts erkennen. Während des restlichen Abendessens dachte sie dann aber auch nicht mehr darüber nach. Viel zu sehr genoss sie das Beisammensein, jede einzelne Sekunde davon, sogar die langweiligen Fußball-

Themen ihres Vaters, die ihm nie auszugehen schienen. Aus irgendeinem Grund empfand Sumōkī alles an diesem Tag als magisch, wie in rosa Licht getaucht; vielleicht hatte das mit diesem schrecklichen Traum zu tun, an dessen Details sie sich immer weniger erinnern konnte, der jedoch ein sehr eindrucksvolles Gefühl des Grauens und der Einsamkeit in ihr hinterlassen hatte – und vielleicht hatte das ihr vor Augen geführt, wie wichtig ihr ihre Familie war.

Wie jeden Abend ein paar Stunden nach dem Abendessen, brachte ihr Vater sie ins Bett und gab ihr einen Gute-Nacht-Kuss auf die Stirn.

»Hier, schau mal«, sagte er daraufhin und reichte Sumōkī das fertig entwickelte Polaroid-Bild. »Deine Mutter dachte, das wäre eine schöne Dekoration für deinen Nachttisch.« Sie schaute mit müden Augen auf die vier Personen und den Teddy, die gemeinsam am Esstisch saßen. Dann begann ihr Körper zu kribbeln – sie wusste selbst nicht wieso. Ein ungutes Gefühl breitete sich bei dem Anblick in ihr aus, obwohl sie diesen wunderschönen Moment doch vorhin selbst miterlebt hatte. Sie glaubte, dieses Bild zu kennen; es nicht zum ersten Mal zu sehen...aber das war unmöglich. Sicher lag es bloß daran, dass ihre Mutter jeden Sonntag ein ähnliches Foto schoss und es inzwischen dutzende von diesen gab. Dennoch entstand in ihr ein unerklärliches panisches Gefühl...und der Teddy war doch sonst eigentlich nicht auf den Fotos dabei, oder?

»Ist alles in Ordnung? Irgendwie wirkst du auf mich heute sehr anders. Ist es, weil ich morgen schon nach Amerika fliege?«

»Fliegen?«, fragte Sumōkī irritiert und auf einmal durchschoss sie eine schreckliche Angst, ein Schmerz in ihrer

Brust, ein Brennen auf ihrer Haut. Der rosa Farbton, in dem sie den gesamten Tag erlebt hatte, schien sich in ein kaltes Schwarzweiß zu verwandeln. Sie schüttelte den Kopf und versuchte, dieses Gefühl wieder loszuwerden. Sie konzentrierte sich wieder auf ihren Vater, ihren Leuchtturm.

»Du weißt doch, dass ich morgen schon fliege…also…ich glaube, du brauchst vielleicht wirklich eine ordentliche Mütze Schlaf.«

Ihr Vater gab ihr einen weiteren Kuss auf die Stirn und erhob sich dann von seinen Knien, doch sofort packte Sumōkī ihn am Ärmel. Ihre Augen füllten sich mit Tränen und ihre Unterlippe begann zu zittern.

»Ich will nicht schlafen. Ich habe Angst.«

»Wovor hast du Angst?«, fragte er und kniete sich wieder auf die Höhe des Bettes. Sorge legte sich wie ein Schatten über sein Gesicht und Sumōkī bereute es kurz, diese ausgelöst zu haben. Sie wollte ihn wieder lächeln sehen.

»Ich…ich habe einfach Angst, ich will nicht, dass du weggehst.« Ein trauriges Lächeln breitete sich auf seinem Gesicht aus. Tränen glänzten nun auch in seinen Augen.

»Das ist nicht einfach für dich, ich kann das verstehen, aber eine WM zu spielen, war schon seit meiner Kindheit mein größter Traum. Ich kann es jetzt noch nicht realisieren, dass ich bei so einem Turnier dabei sein werde. Die Zeit wird schnell vorübergehen, auch wenn ich hoffe, dass ich nicht nach zwei Wochen wieder zurück bin, weil wir dann rausgeflogen wären. Aber glaub mir – ich bin im Nu wieder bei dir. Und bis dahin übernimmt dein Teddy hier den Gute-Nacht-Kuss für mich, stimmt's?« Er ließ den Teddybären, der neben Sumōkī lag, mit seiner Hand nicken und begann daraufhin zu lachen, und obwohl Sumōkīs

Gedanken noch immer von unerklärlicher Angst zerfressen waren, musste sie bei diesem Anblick schwach lächeln. Sie konnte einfach nicht anders. Schließlich ließ sie seinen Ärmel wieder los.

»Ich hoffe, ihr gewinnt«, sagte sie matt und legte sich dann mit dem Kopf auf ihr Kissen.

»Danke, mein Schatz«, flüsterte er lächelnd und strich ihr sanft über den Kopf, was Sumōkīs Puls ein bisschen zur Ruhe brachte. »Geht es dir ein wenig besser?« Sumōkī nickte. Dann ging ihr Vater in Richtung Tür.

»Sehen wir uns morgen früh noch, bevor du zum Flughafen fährst?«

»Natürlich, um die Zeit bist du ja sowieso immer wach.«

»Weckst du mich, wenn nicht?«

»Ich verspreche es dir. Auch wenn Yuna mich dafür vielleicht umbringt. Und jetzt schlaf gut, Liebes!«

»Du auch...und...ich hab dich lieb! Ganz viel!«

Ihr Vater grinste und seine blauen Augen funkelten sie an. »Ich dich auch. Und ich freue mich auch sehr auf die Zeit nach der WM, die gehört nämlich euch ganz allein.« Dann öffnete er die Tür und verschwand hinter ihr.

Unmittelbar danach griff Sumōkī nach dem Bild und begutachtete es mithilfe des Mondlichtes, das durch das Fenster schien. Die Tränen drohten wiederzukommen und trübten ihre Sicht darauf ein wenig, doch sie konnte es noch grob erkennen. Wieso löste dieses Bild eine solche Angst in ihr aus? Sie begriff es einfach nicht.

Als ihre Schwester später in der Nacht in ihr gemeinsames Zimmer schlich, war Sumōkī immer noch nicht eingeschlafen – sie lag wach in ihrem Bett und starrte zittrig an die Decke. Konnte ein Traum eine solche Kontrolle über einen gewinnen? War das normal? Oder war dies etwa ein Ausnahmefall? Bis tief in die Nacht grübelte Sumōkī und machte sich über alles Gedanken, was in den letzten Stunden passiert war. Dabei hatte sie das merkwürdige Gefühl, sie wäre nicht richtig hier, obwohl sie es war. Vielleicht war das auch nur eine Folge der Müdigkeit und der sich im Kreis drehenden Gedanken, die ihren Verstand verzerrten. Irgendwann war ihr Geist dann jedoch so angestrengt, dass er sie doch in den Schlaf riss. Aber auch in dieser Nacht ließen ihre Träume ihr keine Ruhe.

Ihr erschien Blut auf ihrer gesamten Haut, welches sich immer weiter ausbreitete und zu einem immer dunkleren Rot wurde; gleichzeitig sah sie ein Mädchen mit orangenem Haar und einer Zeichnung in der Hand und schließlich hörte sie...was war das? Etwa das Ticken einer Uhr? Ja, das Ticken einer Uhr war es, was sie vernahm, und als das Blut sie nur so ummantelte, wachte sie erschrocken und schweißgebadet auf. Die Feuchtigkeit auf ihrer Haut ließ ihr Herz zunächst einen Schlag aussetzen, weil sie noch immer das Bild des Blutes im Kopf hatte, doch nach und nach konnte sie sich vergewissern, dass es doch nur Schweiß war. Aber was sah sie da noch unter der glitzernden Nässe auf ihrer Haut? Ihr Blick war noch unscharf vom Schlaf, aber waren das Narben? Sie blinzelte und die vermeintlichen Narben verschwanden. Also doch nur eine Halluzination. Aber wieso konnte sie ihre Haut überhaupt so gut erkennen? Es war ja bereits hell...viel heller als sonst, wenn sie aufstand. Hatte sie ihren Vater verpasst? Hatte er sein Versprechen etwa nicht eingehalten? Das konnte nicht sein.

Sofort sprang Sumōkī auf ihre Beine und rieb sich durch die Augen. Ihre Sicht war verschwommen, doch erkannte sie auf dem Schreibtisch das Smartphone ihrer Schwester. Sie drückte seitlich auf den Entsperrknopf und blickte auf die Uhrzeit. Es war 12 Uhr. Sie hatte bis in den Mittag geschlafen? Weshalb hatte sie niemand geweckt? Das durfte nicht wahr sein. Ihr Vater wollte sich doch noch von ihr verabschieden. Er hatte es ihr versprochen! Und er hatte sie bisher noch nie enttäuscht. Aus diesem Grund hatte sie die winzige Hoffnung, er wäre aus irgendeinem Grund noch nicht losgefahren; eine Verspätung, eine Verletzung, der Ausfall der gesamten Weltmeisterschaft oder was auch immer. Vielleicht hatte er sich auch einfach dagegen entschieden, weil er doch lieber bei seiner Familie bleiben wollte. Sumōkī hielt sich an dieser Hoffnung fest, während sie aus ihrem Zimmer hinausstürmte – und dann wie angewurzelt stehen blieb, als sie das Wohnzimmer betrat.

Ihre Mutter saß wie ein Haufen Elend am Esstisch, ihr Gesichtsausdruck leer und nach unten gerichtet; ihre Schwester kniete neben ihr und schüttelte sie an den Schultern, bis sie Sumōkī dann erblickte und hektisch auf sie zukam. Sie begab sich zu ihr auf Augenhöhe und Sumōkī konnte sehen, dass ihre Augen tränenunterlaufen waren. In einem solchen Zustand hatte sie ihre Schwester noch nie zuvor gesehen, dessen war sie sich sicher, auch wenn der Anblick ihr auf eine merkwürdige Art und Weise bekannt vorkam. Alles in ihr zog sich zusammen – sie wusste augenblicklich, was geschehen war, doch hoffte sie, dass sie sich völlig irrte. Alles fühlte sich zurzeit seltsam und verfälscht an...vielleicht stimmte also diese entsetzliche Ahnung, die sich in ihr bemerkbar machen wollte, nicht.

»Hey...hey, Kleine«, flüsterte Yuna in einer solch ruhigen und empathischen Tonart, die man von der taffen, frechen jungen Frau nicht gewohnt war. »Bleib mal noch kurz im Schlafzimmer...ich...wir...müssen hier noch was bereden. Ich komm gleich zu dir. Ich habe dich lieb!«

Auf einmal ertönte ein ohrenbetäubender, schriller Schrei. Die Mutter der beiden war aufgestanden und Sumōkī sah entsetzt, wie sie ein großes Küchenmesser in ihren beiden Händen hielt, mit der spitzen Seite auf ihre eigene Brust gerichtet.

»MAMA! HÖR AUF!«, kreischte Yuna, stürmte auf ihre Mutter zu und packte sie an den Handgelenken. Sumōkī stand wie angewurzelt da und verfolgte das Geschehen, ohne sich rühren zu können. Alles wurde verschwommen, ihr wurde schwindelig und sie wusste noch immer nicht, ob dies real war oder nicht.

»LASS MICH LOS!« Die dunkelhaarige Frau versuchte sich, trotz des Ziehens ihrer Tochter, das Messer in die Brust zu stechen, doch es gelang ihr nicht. Beide schrien gequält. Es waren nicht die Schreie, die man aus Filmen kennt – es waren Laute, die man niemals hätte nachstellen können. Laute, die einen das Zerreißen einer Seele hören ließen.

»HÖR AUF, MAMA, BITTE! WIR BRAUCHEN DICH, DU HAST ZWEI KINDER; WIR SIND NICHT ALLEIN DAMIT, ER HÄTTE ES SO GEWOLLT!«

»SEI STILL! SEI STIIIIILL!«, die Frau wehrte sich nun sichtlich mit aller Kraft und beide schrien, oder heulten, oder es war eine Mischung aus beidem. Sumōkīs Kopf tat es ihnen nach und sie hätte sich vor Schmerz am liebsten alle Haare rausgerissen. Dann hörte das Rangeln abrupt auf – im ersten Moment eine Erleichterung, bis Sumōkī sah, was danach kam. Sie hatte das Gefühl, als würden die folgenden Sekunden eine Ewigkeit dauern, dabei waren es in

Wirklichkeit nur sehr wenige. Sehr wenige Sekunden, die ein Leben lang in ihr nachhallen würden. Yunas Blut spritzte auf den Tisch und über das Gesicht ihrer Mutter; dann sank sie zu Boden und zuckte vereinzelt, bis sie schließlich nur noch regungslos dort lag – ihr Gesicht kreidebleich, die schwarzen Haare matt auf den Fliesen ausgebreitet. Sumōkī wollte alles in ihrem Körper rausschreien, doch sie brachte keinen Laut hervor – ihr Körper war dazu schlichtweg nicht in der Lage, denn dafür müsste er erst einmal verarbeiten, was gerade geschehen war, und sie wusste nicht, ob er das jemals können würde. Ihre Kehle war wie verschlossen. Es war wie, als würde man im Traum versuchen zu schreien – und es bestand immer noch die Möglichkeit, dass das alles hier in Wirklichkeit ein Traum war. Dieser Gedanke wiederholte sich in Sumōkīs Kopf wieder und wieder, so oft, bis er sie anwiderte, obwohl es genau das war, was sie sich wünschte. Sie starrte vor sich hin auf ihre Mutter und blinzelte dabei kein einziges Mal. Das blutgetränkte Messer zittrig in den Händen haltend, starrte Sumōkīs Mutter währenddessen mit aufgerissenen Augen auf ihre bewegungslose ältere Tochter, wonach ihr Kopf sich schließlich langsam zu ihrer jüngeren drehte.

»Du...wieso hast du das getan?«, fragte sie in einer grotesken, hellen Stimme.

»W-was...was...was?«, ein anderes Wort kam Sumōkī nicht über die sich taub anfühlenden Lippen; sie war nicht imstande, einen Satz zu formulieren.

»Wieso hast du deine Schwester getötet, Sumōkī? Wieso hast du das getan? Wieso, Sumōkī? WIESO HAST DU DAS GETAN? WIESO, SUMŌKĪ? WIESO HAST DU DAS GETAN? WIESO HAST DU DAS GETAN? WIESO...WIESO

HAST DU DAS GETAN?« Sie schrie und krächzte; es war ein Wunder, dass ihre Stimmbänder noch nicht aufgaben. Sie schrie und schrie ihre einzig verbleibende Tochter an, ließ das blutige Messer mit einem Scheppern auf den Boden und sich selbst auf die Knie fallen und begann, in ein brüllendes, hustendes Heulen auszubrechen. Mit wackelnden Beinen und langsamen Schritten ging Sumōkī zurück in ihr Zimmer und schloss die Tür, um den Schreien ihrer Mutter zu entkommen. Sie brauchte beide bebenden Hände, um den Schlüssel umzudrehen, ließ sich dann auf den Boden sinken, wo sie ihre Knie an ihren Körper zog, und hielt sich mit den Händen die Ohren zu. Doch das Schreien drang dennoch durch, auch wenn es nicht mehr so laut war. Trotzdem – sie hörte noch immer die Rufe, sie hörte die Schuldzuweisungen, sie hörte das Umwerfen von Möbeln, das Treten gegen ihre Tür. Es ging stundenlang, bis es draußen dunkel wurde. Doch Sumōkī hielt sich weiterhin die Ohren zu und kniff gelegentlich die Augen fest zusammen, in der Hoffnung, es würde sie etwas anderes erwarten, wenn sie sie wieder aufmachte. Doch jedes Mal wurde sie enttäuscht. Wann würde sie endlich aufwachen? Sie wusste spätestens jetzt, dass sie in einem Traum gefangen sein musste, in dem sie gezwungen war, den grausamsten Tag ihres Lebens ein zweites Mal zu durchleben. Ihr Vater war an diesem Tag gemeinsam mit seiner Mannschaft auf dem Flug zur Weltmeisterschaft verunglückt und ihre Schwester wurde durch einen Unfall von ihrer Mutter umgebracht. Aber wie konnte es sich so intensiv anfühlen, wenn es doch bloß ein Traum – eine Erinnerung – war? Was war geschehen, bevor sie zu Bett gegangen war? Und aus welchem Grund wachte sie nicht auf?

Sie versuchte, sich an das zu erinnern, was sie kurzzeitig für den eigentlichen Traum gehalten hatte, scheinbar aber die Realität gewesen war – denn nun wusste sie wieder, dass die Situation, in der sie hier zu stecken schien, eigentlich schon vor langer Zeit passiert und sie nun älter geworden war - älter geworden war und ein ganz anderes Leben hatte. Ein Leben, in dem sie nur noch mit der verbitterten Hülle ihrer Mutter zusammenlebte und die Hälfte ihrer Familie schon länger fehlte, die klaffende Wunde des Verlustes jedoch noch immer unaufhörlich pochte und schmerzte; ein Leben, in dem die einzigen Lichtblicke die täglichen Treffen mit dem orangehaarigen Mädchen im Wald waren. In diesem Leben – dem echten Leben – war sie zu Bett gegangen, hatte sich die Haut aufgeschnitten und sich das Bild ihrer Familie angeschaut; aus diesem Grund träumte sie wahrscheinlich auch von diesem Tag...das würde Sinn ergeben. Doch was hatte sie vergessen? Es war doch alles wie immer gewesen, sie hatte sich mit mir getroffen und...dann fiel es ihr ein. Das blaue Leuchten im Wald – dieses seltsame Leuchten, das sie auch gesehen hatte, bevor sie hatte schlafen gehen wollen. Das Leuchten, das von dieser Taschenuhr ausgegangen war. Sie hatte auf diese gedrückt...sie hatte auf die Uhr gedrückt, auf den Schieberegler, das wusste sie noch. Abrupt stand sie auf, ihr Körper sich auf einmal zu klein und unbeholfen anfühlend; die Schreie ihrer Mutter wurden für sie wieder lauter, ihr ganzer Körper zitterte, alles war verschwommen, alles war surreal. Sie warf die Bettdecke nach oben und erblickte an der Seite der Matratze eine Uhr; jene Uhr, die sie gemeinsam mit mir im Wald gefunden hatte. Was um alles in der Welt war hier los? Hatte diese seltsame Taschenuhr etwa diesen

Traum ausgelöst? Ihr fiel der leuchtende blaue Schieberegler ins Auge, den sie betätigt hatte, kurz bevor sie in diesen Traum hineingeworfen worden war. Jedoch befand sich der Regler dieses Mal nicht so weit oben wie davor. Er war dieses Mal offenbar nur um ein minimales nach unten verschiebbar; nach oben ließ er sich aber scheinbar nicht mehr bewegen, denn die Delle, an die man ihn hätte nach oben schieben können müssen, war verschwunden und sein Bewegungsspielraum scheinbar einfach geschrumpft. Das machte doch keinen Sinn...wie war das überhaupt möglich? Aber dennoch war sich Sumōkī sicher, dass es definitiv dieselbe Uhr war und diese letzte Nacht noch leicht anders ausgesehen hatte. Spielte der Traum ihr einen Streich? Sie atmete tief durch, versuchte, ihr Zittern zu beruhigen, und legte ihren rechten Daumen an dem Schieberiegel an.

»Nicht so schnell«, ertönte aus dem Nichts eine freundlich klingende Frauenstimme. Sumōkī zuckte zusammen. Sie schaute sich in der Dunkelheit um – dann fielen ihr leuchtende rote Augäpfel auf, die sie aus einer Ecke ihres Zimmers anstarrten. Sie erschrak, doch kriegte sie sich schnell wieder ein, schließlich war das ja ein Traum...weswegen sie sich einfach den merkwürdigen Geschehnissen hingeben und aufhören sollte, sie verstehen zu wollen. Sie blinzelte einmal und schaute wieder in die Ecke. Die Augen gehörten zu einer großen, schlanken jungen Frau, die in diesem Moment in das Mondlicht eintrat. Sie hatte blaue Haare, ähnlich denen von Sumōkī, trug ein weißes Top sowie eine dünne schwarze Hose, und ihre Haut machte den Anschein eines zerbröckelten Steines, in dessen Rissen und Dellen man dasselbe rote Leuchten erkennen konnte, welches auch ihre gesamten Augäpfel ausfüllte.

Ihre knochigen Hände waren mit durchbluteten Verbänden umwickelt und mit der rechten winkte sie Sumōkī freundlich zu.

»W-wer bist du?« Sie ließ sich eingeschüchtert von der großen Gestalt auf ihr Bett sinken.

»Mein Name ist Tikato«, antwortete diese, die Stimme gleichmäßig, jede Silbe perfekt getaktet, und neigte neugierig ihren Kopf zur Seite. Dann deutete sie mit ihrem Zeigefinger auf die blau schimmernde Taschenuhr. »Ich bin die Göttin der Zeit...und ich glaube, du hast etwas, das mir gehört.«

-Zittern zum Beat-

Ich hasse Techno. Dieses ständige monotone *Dümm-dümm-dümm,* das nicht aufhört und sich immer nur wiederholt. Und es ist nicht nur so, dass es mir rein geschmacklich nicht gefällt, nein, es löst vielmehr seit meiner frühen Kindheit unfassbare Ängste in mir aus, so wie auch in einem Traum, welchen ich einst durchlebte.

Auch wenn meine linke Hand in dem Traum aus Stiften bestand und ich mich wie magnetisch an einer riesigen Leinwand hängend befand, spürte ich wie meine Stift-Hand zitterte. Die Musik drang von draußen bis an diesen Ort hinein und die Leinwand wackelte. Was sollte das? Ich hatte solche Geräusche ewig nicht mehr vernommen. Wieso gerade jetzt, in solch einem Moment? Die Vibration der Leinwand beförderte mich an den Rand, ohne dass ich mich dagegen wehren konnte. Die Stift-Finger meiner noch immer zitternden linken Hand hinterließen chaotische Kringel auf der Leinwand, deren Anblick dafür sorgte, dass sich mein Brustkorb zusammenzog – dennoch konnte ich nicht wegschauen. Als ich schließlich an der äußersten Kante der Leinwand angekommen war, erblickte ich die riesige, klaffende Dunkelheit, welche sie umhüllte. Verzweifelt hielt ich mich an der Kante fest, bis meine Fingerknöchel weiß anliefen – ich wollte nicht fallen, ich durfte nicht fallen, schließlich wusste ich nicht, wo mich die Dunkelheit hinführen sollte...wenn überhaupt irgendwohin. Die dröhnende Musik wurde immer lauter, die Vibration immer stärker, bis meine Zähne klapperten und es sich so anfühlte, als würde mein Schädel zertrümmert werden, und ich mich schließlich nicht mehr halten konnte...und in meinen Untergang fiel.

Ich riss meine Augen auf. Mein Oberteil war durchgeschwitzt, mein Herz trommelte gegen meine Brust und meine linke Hand zitterte so stark wie schon lange nicht mehr. Ich hielt sie mit der rechten fest, doch der Versuch, sie zu stabilisieren, war vergebens. Die Leinwand, die Stifte, die Dunkelheit, alles war verschwunden, so wie es sein sollte nach einem Traum, doch...die Musik war noch da.

Ich verstand nicht, was vor sich ging. Die erste Vermutung, die mir durch den Kopf strömte, war jedoch unmöglich. Dass meine Großmutter eine solche Musik abspielte, war jenseits meiner Vorstellungskraft – dennoch fiel mir nichts Plausibleres ein, denn wo sollte sie sonst herkommen? Eine brennende Hitze durchzog mich und das Zittern wurde stärker, als ich sah, dass mein Zimmer völlig anders aussah als sonst...aber dennoch vertraut. Es sah genauso aus wie mein altes Kinderzimmer, und irgendwie fühlte ich mich in diesem Moment unglaublich eingeengt. Die Musik reizte mich und verstärkte somit das erdrückende Gefühl. Ich blickte auf meine zitternde Hand – sie war kleiner als sonst, genau wie meine rechte Hand, meine Füße und, bei genauerem Betrachten, mein gesamter Körper. Beim Versuch aufzustehen wurde mir schwindelig und das surreale Gefühl, mich in einem Kleinkinder-Körper zu befinden, aus dem ich schon längst herausgewachsen sein sollte, verstärkte die Panik in mir nur noch mehr. Das Aufwachen sorgte doch normalerweise dafür, dass man sich nach und nach wieder normal fühlte.

Ich legte mich mit flachem Rücken auf das Bett, griff mit den Händen den Bettbezug und versuchte zu atmen, so wie es Sumōkī mir beigebracht hatte. Tief durch die Nase ein...und durch den Mund aus. Ganz langsam. Fokus darauf gelenkt, so gut es ging.

»Die Angst beherrscht mich nicht«, flüsterte ich. »Ich finde heraus, was hier los ist, es gibt sicher eine Erklärung. Bestimmt träume ich einfach noch. Oder ich befinde mich in einem dieser neuen Virtual-Reality-Spiele, die das Bewusstsein in eine Simulation eintauchen lassen, das würde Sinn machen, ja, ja. Das muss es sein. Deswegen kommt es mir auch so echt vor.« Auch wenn das eine weit hergeholte Hypothese war, erdete mich der Gedanke an eine halbwegs plausible Lösung – oder zumindest eine, die trotz aller Unwahrscheinlichkeit immerhin der Realität entsprechen *könnte* – ein wenig. Beim zweiten Versuch stand ich auf und hielt mich diesmal auf den Beinen. Die Musik dröhnte noch immer in meinen Ohren und meine Hand zitterte so schlimm, dass ich sie erneut mit der anderen festhalten musste.

Ich ging vorsichtig ein paar Schritte auf meinen wackligen Beinen, meine Koordination komplett durcheinander, und öffnete dann langsam meine Zimmertür. Das Erste, was mir auffiel, war, dass die Musik daraufhin ohrenbetäubend laut wurde. Die nächsten Eindrücke ließen mich wie angewurzelt stehen bleiben. Rauch durchströmte meine Nase und der Anblick ließ meine Augen auf der Stelle tränen – der Kloß, der sich parallel dazu in meinem Hals formte, ließ mich wissen, dass die Tränen nicht nur vom Rauch kamen. Doch das wusste ich auch so, denn ich sah zwei junge Erwachsene vor mir; eine tanzende junge Frau mit pink gefärbten Haaren und ein Mann mit blonden, der mit ausgestreckten Beinen auf der mit Pizzakartons vollgepackten Couch saß und eine Menge Rauch in die Luft pustete.

»NEMOOOO!«, rief die Frau, kam auf mich zu und presste ihre nach Alkohol stinkenden Lippen gegen meine Stirn. Alles in mir zog sich zusammen. Das konnte alles nicht wahr sein. Meine linke Hand zitterte noch heftiger, ich konnte mich kaum beherrschen, meine Augen tränten und ich hoffte, dass ich tatsächlich in einem abscheulichen Albtraum steckte...und dass dieser bald vorübergehen würde. »Frühstück steht auf dem Esstisch«, sagte die Frau und begann dann wieder verträumt zu tanzen. Mit verkrampfter Haltung und schlotternden Beinen schlich ich mich zum Esszimmer herüber. Zwischen unzähligen dreckigen Gläsern und leeren Alkoholflaschen erkannte ich einen schmierigen Teller mit einem Stück Pizza drauf. Ich setzte mich auf einen Stuhl und tippte mit meinem Zeigefinger das einsame Stück Salami an, das die Pizza belegte – es war eiskalt.

»Iss schon!«, rief mir der Mann zu und pustete den Rauch in meine Richtung. »Die Pizza war teuer.« Dann wandte er seinen Kopf zu der tanzenden Frau hin. »Eh, Süße, hast du den Rucksack fertiggemacht?«

»Ist erledigt!«, antwortete sie, während sie heftig mit ihrem Kopf wackelte. Ihre pinken Haare flogen dabei wild umher; einzelne verschwitzte Strähnen klebten an ihren Schläfen, die sie immer wieder mit einem lackierten, aber brüchigen Fingernagel davon löste.

»Alles klar, dann schreib ich ihm und wir schicken sie dann los.«

»Okidoki...Nemo, Schätzchen, trödel nicht so lange, du musst für Mami und Papi heute wieder etwas wegbringen.«

Mit viel Überwindung würgte ich das kalte Stück Pizza herunter und nickte dann zögerlich mit dem Kopf. Ich wusste ganz genau, von was sie sprachen; unzählige Male hatte ich es für sie schon getan. Also zog mir meine Mutter wie immer meine Jacke und den Rucksack an, steckte mich hektisch in meine Schuhe und kniete sich dann zu mir herunter.

»So...du gehst auf direktem Wege zum Treffpunkt. Einfach wie immer, okay? Und falls dich dabei jemand beobachtet, den du nicht kennst, dann komm wieder zu uns zurück, alles klar?« Ich gab mich der Situation hin und drehte mich um, um mit meinem Schlüssel im Gepäck das Haus zu verlassen, in erster Linie bloß froh, der Musik, dem Rauch und der Alkoholfahne meiner Mutter entkommen zu können. Sie gab mir noch einen festen Kuss auf die Stirn und schloss dann hinter mir die Tür, wonach ich mich an meiner Stirn wischend und gierig nach frischer Luft schnappend auf den Weg machte.

Während ich über den unebenen Waldweg stapfte und meine Gedanken sich in der plötzlichen Ruhe wieder meiner Verwirrung zuwandten, durchströmte mich ein Schwindelgefühl. Ich war in der Vergangenheit – ich war sieben Jahre in der Vergangenheit, im Jahr 2026, in welchem meine Eltern den Höchststand ihrer Drogensucht durchlebt hatten. Doch wieso war ich auf einmal wieder hier? In der schlimmsten Zeit meines Lebens, in welche ich nie wieder hatte zurückkehren wollen? Konnte das wirklich immer noch ein Traum sein? Irgendwie bezweifelte ich das inzwischen, doch ich wusste nicht, wieso. Irgendeine Art von schrecklicher, unterbewusster Ahnung, schätzte ich. Als ich merkte, dass ich erneut so viel zitterte, dass ich meinen Körper nur noch sehr schwer bewegen konnte, blieb ich kurz stehen und atmete tief durch. Wenigstens wusste ich noch, wer Sumōkī war, auch wenn ich sie zu dieser Zeit in meinem Leben eigentlich noch gar nicht gekannt hatte. Doch ich dachte an ihre Verbildlichung von mir und meiner Angst an dem Esstisch und an die Kraft, die diese mir gegeben hatte.

»Meine Angst beherrscht mich nicht«, flüsterte ich wieder vor mich hin. »Ich entscheide, was gegessen wird, Angst, nicht du. Ich entscheide das, verdammt.« Ich versuchte mich in meinen Gedanken auf den vergangenen Tag zu fokussieren, und darauf, was geschehen sein konnte, dass dafür gesorgt hätte, dass ich mich nun hier in dieser Zeit befand. Nicht mal daran, dass ich schlafen gegangen war, konnte ich mich gerade erinnern. Ich hatte Ramen gegessen, das wusste ich noch. Dann hatte ich in meinem Zimmer ein wenig gezeichnet...und von diesem Punkt an fehlte mir jede Erinnerung, bis ich hier zu den ohrenbetäubenden

Klängen der Techno-Musik erwacht war. War ich vielleicht ohnmächtig geworden und träumte bloß? Hatte ich einen Herzinfarkt erlitten und lag eigentlich im Koma? Hatte man solche intensiven, sich echt anfühlenden Träume, wenn man im Koma lag? Oder war ich vielleicht sogar schon tot und durchlebte deswegen meine Vergangenheit erneut?

Ich trat aus Versehen auf einen Ast, der vor mir lag, und das Geräusch sorgte dafür, dass mir auffiel, wie sehr meine Gedanken wieder abgeschweift waren. Wie als direkte Antwort darauf verstärkte sich mein Zittern mal wieder; wieder atmete ich tief durch und bot der Angst – so gut ich konnte – die Stirn. Wenn ich gestorben wäre, hätte ich das doch sicherlich bemerkt. Das konnte doch gar nicht passiert sein; es musste also eine harmlosere Erklärung geben. Dann kam mir eine Idee.

Eine ungewöhnliche Sache, die mir jetzt in diesem Moment einfiel, war dieses merkwürdige blaue Leuchten, welches Sumōkī und ich im Wald entdeckt hatten. Und als ich daran dachte, durchdrang mich das Gefühl, als hätte ich es noch ein weiteres Mal an diesem Abend gesehen, kurz bevor ich mich an nichts mehr erinnern konnte. Ja, da war ich mir nun ganz sicher. Hatte also vielleicht dieses Licht oder gar diese sonderbaren Uhren etwas mit dem Ganzen zu tun? Aber wie sollte das möglich sein? Das waren schließlich nur Uhren...doch Sumōkīs Sekundenzeiger war rückwärts gelaufen. Irgendetwas war schon besonders daran. Ich hatte nun das Gefühl, kurz vor einer wichtigen Entdeckung zu stehen, doch irgendwie schaffte ich es nicht, das letzte Puzzle-Teil zu finden.

Bevor ich den Gedanken noch weiter verfolgen konnte, kam ich auch schon an dem Treffpunkt an, den meine

Mutter mir vorgegeben hatte. Dann fiel mir etwas Merkwürdiges auf. Es war jener Ort, an welchem ich mich auch immer mit Sumōkī traf...oder besser gesagt, an welchem ich mich zukünftig mit ihr treffen würde. War ich Sumōkī etwa hier das erste Mal begegnet? Hatte ich mich hier auch in der Zukunft weiterhin aufgehalten, obwohl mich die Erinnerungen daran quälen müssten? Wieso? Und warum wusste ich das denn nicht mehr?

Anders als sonst saß auf dem Baumstamm jedoch nicht das Mädchen mit den blauen Haaren, sondern ein dunkelgekleideter Mann, der trotz der winterlichen Jahreszeit eine Sonnenbrille trug. Ohne ein Wort zu sagen, kam er auf mich zu, öffnete meinen Rucksack und nahm einen Beutel heraus. Während er das tat, durchzog mich wieder eine überwältigende Angst; Gedanken daran, dass er mich plötzlich angreifen oder gar umbringen könnte, überkamen mich. Diese irrationalen Gedanken, die mir oftmals auch in ungefährlichen Situationen kamen, waren hier mit Abstand am schlimmsten. Doch zog der Mann lediglich einen Stapel Geldscheine aus seiner Tasche, steckte ihn in meinen Rucksack und verließ dann stillschweigend den Treffpunkt gemeinsam mit dem Beutel wieder. Erneut packte ich meine linke Hand und atmete tief durch. Es war eine Sache, mich in der Vergangenheit zu befinden, was meinen Kopf ohnehin schon fast zum Explodieren brachte – aber noch einmal die schlimmsten Erlebnisse und größten Ängste zu durchleben, die ich jemals erfahren hatte? Das versetzte meinen Körper in einen ungesunden Zustand der Daueralarmbereitschaft. Ich wollte sofort, dass das wieder aufhörte; wollte sofort eine Lösung dafür finden. Doch ich wusste gar nicht, wo ich überhaupt anfangen sollte.

Jede potenzielle Erklärung, die mir einfiel, ging ich während des Rückweges in meinem Kopf durch, aber immer, wenn mir auch nur der Anschein einer Lösung einfallen sollte, hatte mein negativer Kopf nichts Besseres zu tun, als mir ständig die Gründe einreden zu wollen, weswegen es doch nicht so sein konnte...und es fiel mir schwer, ihm nicht zu glauben. Warum musste ich ständig nur an das Negative denken? Wieso konnte ich nicht einfach meine Hoffnungen in etwas Positives setzen? Den ganzen Heimweg grübelte ich und zerbrach mir den Kopf. Als ich nicht mehr weit entfernt war, verlangsamten sich meine Schritte, ohne dass ich es mit Absicht tat, obwohl es draußen so kalt war und meine Füße sich in meinen schäbigen Stiefeln langsam taub anfühlten. Es war, als würde mein Körper mich davon abhalten wollen, nach Hause zu gehen. Aber ich musste es, sonst würde ich erfrieren oder meine Eltern würden wütend auf mich sein, weil ich zu lange brauchte, um ihnen ihr Geld zu bringen.

Zuhause angekommen, stürmte sofort meine Mutter auf mich zu und rieb mir ein Blatt Papier unter die Nase.

»WILLST DU MICH VERARSCHEN, NEMO? WAS IST DAS? WAS SOLL DIESE VERFICKTE SCHEIßE, FUCK!« Verwundert blickte ich auf das Bild, welches ich offenbar in der Vergangenheit gezeichnet hatte. Es war eine sehr detaillierte Zeichnung meiner Eltern, welche darstellte, wie die beiden feierten, umgeben von Flaschen und zigarettenähnlichen Papierrollen. »HAST DU DEN BLOCK AUCH IN DER SCHULE DABEI? ERZÄHLST DU LEUTEN, WAS WIR HIER MACHEN?«

»N-nein«, stotterte ich, unfähig, mehr als das zu sagen. Die Erinnerungen kehrten nun schlagartig zurück. Es war also jener Tag? Ausgerechnet hier war ich gelandet?

»DU WIRST NIE WIEDER IRGENDETWAS ZEICH-NEN, VERSTANDEN? DAS IST SOWIESO NUR ZEITVER-SCHWENDUNG! WENN DU SOWAS IN DER SCHULE LERNST, BRAUCHST DU DA AUCH NICHT MEHR HIN-ZUGEHEN! UNTERSTÜTZE DEINE ELTERN! DARAUF SOLLTEST DU DICH KONZENTRIEREN!«

»J-ja.« Jede Silbe, die ich sprach, schien all meine Kraft in Anspruch zu nehmen. Alles an meinem Körper zitterte. Diese war eine der schlimmsten Erinnerungen meines ganzen Lebens. Mein Kopf schrie mich an, mich aus der Situation zu entfernen...aber wie? Ich wollte weg, alles in mir wollte weg, warum war ich hier, warum nur?

»Verpiss dich auf dein Zimmer!«, raunzte mein Vater und ich zuckte zusammen. »Deinen ganzen Malscheiß haben wir schon rausgeräumt und wir schmeißen ihn morgen weg. Mach was Sinnvolles mit deiner Zeit.« Mit gesenktem Kopf und tränenden Augen ging ich in Richtung meines Zimmers, während meine Mutter mit einer genervten Miene erneut ihre Musik voll aufdrehte. Ich schloss meine Tür und bei dem Anblick meines Kinderzimmers kamen weitere Details der Erinnerung noch stärker zurück. Alles war verwüstet; meine Schubladen waren herausgerissen und die selbst gezeichneten Bilder an meinen Wänden waren abgerissen worden und lagen zerknüllt auf dem Boden herum – einige, wenn nicht sogar die meisten, von Zigaret-tenbrandflecken übersät. Wieso war ich nur in diesen Tag hineingeworfen worden? Alles, was bei mir falsch war, ließ sich auf diese Zeit zurückführen. Dessen war ich mir bewusst und ich hasste meine Eltern – und auch mich selbst – ein wenig dafür, doch ich kam eigentlich immer besser mit diesem Gefühl klar, weil ich mich immer daran festhielt, dass es vorbei war. Dass ich wenigstens nicht mehr in der Situation steckte. Doch scheinbar tat ich das nun wieder. Ich hatte nie wieder so leben wollen und jetzt war ich wieder hier...aber ein Trost blieb mir:

Der Tag, an dem meine Mutter meine Zeichnung gefunden und bestimmt hatte, dass ich nicht mehr zur Schule gehen dürfte, war der Tag bevor das Jugendamt gemeinsam mit der Polizei aufgetaucht war und mich aus meiner Situation befreite. Das wusste die kleine, ängstliche Nemo damals nicht und in der Hinsicht ging es mir wenigstens ein kleines bisschen besser als ihr. Das war ein kleiner Hoffnungsschimmer. Ich musste jetzt also nur noch warten, dass es geschah...ich musste nur noch warten und konnte dann, nachdem alles hier sauber gemacht und meine Großmutter eingezogen war, endlich versuchen, in meine Zeit zurückzukehren – in meine ruhige, leise Zeit; in mein einfaches Leben, von dem ich gar nicht gewusst hatte, dass ich es so sehr liebte, bis es mir gewaltsam genommen worden war.

Da meine Eltern am Mittag immer schliefen, dröhnte die Musik abends, als ich schlafen wollte, wieder in meine Ohren. Mein Magen knurrte, doch ich hatte Angst, mein Zimmer zu verlassen. Es würde sie ohnehin nicht interessieren, ob ich aß oder nicht...und es war ja nicht so, dass das Essen, das mir hier zur Verfügung stand, besonders nahrhaft war. Also lag ich wach und hungrig in meinem Bett und wartete mit einem Kopf voller Fragen und pochenden Kopfschmerzen auf den Morgen. Zwischendrin nickte ich mal für ein paar Stunden ein, aber um fit zu sein, reichte es nicht aus; ein Dauerzustand in meiner Kindheit, doch jetzt, da ich ihn nicht mehr gewohnt war, fühlte ich mich als Folge davon extrem schlapp. Aber es gab nun Wichtigeres. Soweit ich mich erinnerte, würden das Jugendamt und die Polizei an diesem Montag bereits morgens erscheinen. Es durfte also nicht mehr lange dauern. Ich bewegte mich in meinem Zimmer auf und ab, mein Magen knurrte vor sich hin und ich wartete - ich wartete stundenlang, und mit jeder Sekunde, die verstrich, verstärkte sich das Zittern in meinem Körper, weil sich etwas nicht richtig anfühlte. Wieso kam niemand? Wieso in aller Welt kam niemand? Genauso war es doch damals gewesen. Es war jener Tag. Ich wusste es doch noch genau. Sie waren gekommen. Zwar wusste ich nicht, wer sie auf die Situation bei mir zuhause aufmerksam gemacht hatte, aber sie waren definitiv damals gekommen.

Ich wartete bis in den späten Nachmittag – meine Eltern sahen kein einziges Mal nach mir – und als es allmählich dunkel wurde, bohrte sich die quälende Gewissheit in meinen Kopf, dass niemand mehr kommen würde. Und zwar überhaupt nicht mehr. Ich hatte mich nicht bloß im Tag geirrt, diese Vergangenheit war anders. War dies etwa der Sinn meiner Reise hierhin? Meine Rettung sollte mir verwehrt bleiben? Aber was sollte das für einen Sinn haben? Was sollte ich daraus lernen oder mitnehmen – sollte ich jemals wieder aus dieser Zeit zurückkehren? Ich verstand es einfach nicht. Seit fast zwei Tagen verstand ich überhaupt nichts mehr.

Ich kauerte mich in eine Ecke meines Schlafzimmers und wollte meinen schmerzenden Kopf in meinen Beinen vergraben – doch aus der verschwommenen Dunkelheit heraus, die sich für mich surreal anfühlte, erschien plötzlich etwas Vertrautes vor meinen Augen: ein blaues Licht, welches mich umschlang und mich für einige Sekunden blendete...und von dem einen auf den anderen Moment befand ich mich wieder in meinem Bett. Was war bloß geschehen?

Die laute Musik meiner Eltern dröhnte noch immer dumpf in meine Ohren, also war ich nicht wieder in der Gegenwart – mein noch immer zu kleiner Körper untermauerte diese Vermutung. Ich stand wieder auf und öffnete mit meiner zitternden Hand die Schlafzimmertür.

»NEMOOOO!«, rief meine Mutter, kam auf mich zu und presste ihre nach Alkohol stinkenden Lippen gegen meine Stirn, genauso wie am gestrigen Tag, an dem ich das erste Mal wieder hier aufgewacht war. »Frühstück steht auf dem Esstisch«, sagte sie und tanzte danach unbesorgt weiter. Vollkommen irritiert setzte ich mich auf den Stuhl und blickte erneut auf die kalte Pizza. Dasselbe kalte Stück Pizza mit derselben traurigen Scheibe Salami. Dieser unglückselige Tag hatte wieder von vorne begonnen, das realisierte ich in diesem Augenblick. Nun verstand ich wirklich gar nichts mehr. Ich hatte nicht gedacht, dass ich noch verwirrter sein konnte, aber scheinbar war das doch möglich. War ich hier in einem einzigen Höllentraum gefangen? War ich etwa doch gestorben und hing in einer Art Fegefeuer fest?

»Iss schon!«, rief mir mein Vater zu und pustete erneut Rauch in meine Richtung. »Die Pizza war teuer.« Mit zitternder Hand packte ich das kalte Stück und wusste, was er als Nächstes sagen würde, schon bevor er es tat. »Eh, Süße, hast du den Rucksack fertiggemacht?«

»Ist erledigt!«, antwortete meine Mutter, während sie heftig mit ihrem Kopf wackelte.

»Alles klar, dann schreib ich ihm und wir schicken sie dann los.« Alles war genauso wie am Tag zuvor.

»Okidoki...Nemo, Schätzchen, trödel nicht so lange, du musst für Mami und Papi heute wieder etwas wegbringen.«

Als ich erneut mit dem vollen Rucksack auf dem Rücken durch den Wald stapfte, schmerzte mein Kopf vor Verwirrung. Was war hier los? Wieso hatte der Tag nun von vorne begonnen? Und wenn doch alles genauso wie damals zu sein schien, wieso war dann das Jugendamt nicht erschienen? Ich versuchte mich in die Zeit vor sieben Jahren zurückzuversetzen, was sehr schwierig war, wenn alles hier den Anschein machte, als wäre es das Hier und Jetzt, auch wenn ich wusste, dass ich es schon vor langer Zeit erlebt hatte. Aber es war fast so, als würde meine aktuelle Situation versuchen zu verdrängen, dass sie schon mal geschehen und sogar anders verlaufen war. Als wolle meine eigene Geschichte sich neu schreiben – warum auch immer. Doch ich gab mir Mühe, mich an das erste Mal zu erinnern, als ich das alles hier durchlebt hatte. Doch das Gefühl, das Erlebnis von damals würde sich von dem Erlebnis von jetzt unterscheiden, verschwand immer mehr, bis ich an mir selbst zweifelte und gar nicht mehr wusste, auf welche Realität ich mich denn nun verlassen konnte.

Je länger ich aber durchhielt und nach einer Antwort suchte, desto mehr erschien mir irgendwann doch ein Bild vor meinen Augen - ein Bild, welches ich mit dieser Zeit assoziierte und von dem ich glaubte, es könnte mir weiterhelfen...doch konnte ich es in meinen Gedanken einfach nicht entschärfen. Frustriert kickte ich denselben Ast vor meinen Füßen weg, auf den ich gestern, oder eher im gestrigen Heute, getreten war. Plötzlich wurde wieder alles blau vor meinen Augen, das Leuchten erschien erneut und schickte mich blitzschnell zurück in mein Bett. Ich lag schon längst wieder eingedeckt da, als ich noch versuchte zu verstehen, wie ich wenige Sekunden zuvor noch durch den eisigen, matschigen Wald gestapft war. Meine Finger und Zehen fühlten sich wieder ganz normal an, so als hätten sie nie gefroren. Der Tag hatte wieder von vorne begonnen...doch dieses Mal viel früher als beim letzten Mal.

Und so ging das noch eine Weile weiter. Mehrere Male fand ich mich in meinem Bett wieder, als ich gerade noch im Wald unterwegs gewesen war; oftmals später; manchmal schon, als meine Mutter mir gerade ihren ekelhaften Kuss auf die Stirn gegeben hatte oder ich kurz davor gewesen war, mir das Stück Pizza in den Mund zu stecken, das mich mittlerweile stärker anwiderte als jedes andere Essen, das ich mir vorstellen konnte. Womöglich würde ich nie wieder in meinem Leben freiwillig Pizza essen, sollte ich es jemals aus diesem Teufelskreis des schlimmsten Tages meines Lebens herausschaffen. Doch je mehr Tage vergingen, desto weniger glaubte ich daran, dass das passieren würde. Ich verlor vollkommen den Faden; wusste gar nicht mehr, wie lange ich mich schon in dieser Vergangenheit befand – oder ob die Zukunft, die ich glaubte, erlebt zu haben, vielleicht doch nur ein Fiebertraum gewesen war.

Mit jedem neuen alten Morgen in meinem Bett ging mein Lebenswille immer weiter zurück, doch aufgeben wollte ich trotzdem nicht. Hier wollte ich nicht sterben. Ich kämpfte mich durch jede neue Version des Tages, ohne zu wissen, wann sie enden würde. Das mentale Bild, das mir am zweiten Tag hier gekommen war, schwirrte noch immer in meinem Kopf herum und ich war mir sicher: Das war kein Zufall. Irgendetwas in mir sagte mir, dass dieses Bild wichtig war – also versuchte ich es zu entschärfen, egal wie oft mir dabei der Boden unter den Füßen weggerissen wurde. Einmal glaubte ich fast, einen Durchbruch gemacht zu haben – ich meinte, so etwas wie Ziffern erkannt zu haben, je länger ich mich auf dieses Bild in meinen Gedanken konzentriert hatte. Ich befand mich zu der Zeit wieder im Wald. Die Angst vor dem Treffen hatte nachgelassen, da ich es nun schon so oft hinter mich gebracht hatte, und die Stille in der Natur hatte an dieser Version des Tages endlich mal zugelassen, dass ich mich besser auf das Bild hatte fokussieren können. Ich glaubte, kurz davor zu sein, zu verstehen, worauf sich diese Ziffern befanden und in welchem Zusammenhang sie mit meinem Leben hingen...und dann vernahm ich erneut das blaue Leuchten aus meinem Augenwinkel.

»Nein, noch nicht, bitte noch nicht-«, aber schon war ich wieder in meinem Bett. Wieder lief die Techno-Musik. Das Bild in meinem Kopf war wieder unscharf. Wieder musste ich von vorne beginnen.

Ich konnte so langsam nicht mehr. Mit jedem winzig kleinen Schritt, den ich in Richtung Wahrheit tätigte, taten sich dutzende neue Fragen wieder auf, die alle möglichen Theorien über den Haufen warfen. Meine Atmung beschleunigte sich, meine Arme und Beine begannen zu kribbeln, und meine Brust schmerzte. Ich musste nicht auf meine linke Hand schauen oder überhaupt meine Aufmerksamkeit darauf lenken, um zu wissen, dass sie wild zitterte. Die Angst war dieses Mal wieder viel stärker aufgekommen als in den letzten Tagen. Vielleicht, weil ich das Gefühl hatte, so kurz vor dem Durchbruch gewesen zu sein...und ihn doch nicht geschafft zu haben. Egal, was ich tat, es war falsch. Ich war gefangen. Mein Herz raste. Würde es gleich stehen bleiben? War ich doch hierhergekommen, um zu sterben, oder war ich doch bereits in der Hölle? Ich konnte mir schließlich nicht viel vorstellen, was schlimmer wäre als hier das.

Ich versuchte zu atmen, doch es fiel mir schwer; ich musste meine Gedanken wieder umpolen, weg von dieser Panik. Wie schaffte ich das sonst immer? Ach ja. Vor meinem geistigen Auge erschien mir ein blaues Augenpaar – ein blaues Augenpaar, das es immer schaffte, meinen Körper zu beruhigen, und dieser Moment sollte keine Ausnahme bilden, auch wenn die Augen nicht in echt vor mir waren und ich auch nicht wusste, wann ich sie jemals wieder in echt sehen würde. Aber den Gedanken schob ich erstmal beiseite, denn damit würde ich mich nur noch weiter in die Angst hineinsteigern.

»M-meine Angst beherrscht mich nicht«, flüsterte ich, doch konnte ich mich dieses Mal nicht so schnell davon überzeugen. Meine Lippen zitterten. Die dumpfe, dröhnende Musik vor der Tür, die ich heute nicht so gut ausblenden konnte, wurde lauter aufgedreht und ihre Klänge wollten mich zurück in das dunkle Loch der überwältigenden Verzweiflung zerren. Ich durfte es nicht zulassen. Ich kniff die Augen fester zu und fokussierte mich auf das Bild der glitzernden blauen Augen in meinen Gedanken. Ich sah, wie Sumōkīs Lippen in meiner Vorstellung die Wörter formten, die ich nun erneut zu sprechen begann. »Meine Angst beherrscht mich nicht! Ich entscheide, was gegessen wird, ich entscheide, was ich tue, und ich werde eine Lösung finden, ganz sicher! Und wenn es noch so lange dauert. Ich habe hier das Sagen, hast du verstanden, Angst?«

Mit jedem Wort spürte ich, wie die Kontrolle zu mir zurückkehrte, und dann stand ich auf und fasste einen Entschluss, bevor ich es mir wieder anders überlegen konnte. Egal, was passieren würde – egal, was für Unerklärliches noch so passieren sollte – ich würde mich nur auf mein Ziel fokussieren: dieses verschwommene Bild der Vergangenheit, das in meinem Kopf herumschwebte, endgültig zu entschärfen. Ich glaubte so stark wie noch nie daran, dass es mir gelingen würde. Es musste mir gelingen. Eine andere Option gab es für mich nicht mehr.

Ich setzte mich an meinen kleinen Schreibtisch und öffnete die erste Seite meines Zeichenblocks; vielleicht würde mir das mehr helfen als das bloße Visualisieren. Sofort sprang mir die Zeichnung von meinen feiernden Eltern ins Auge. Ich knüllte diese zusammen und warf sie wütend in Richtung meines Papierkorbs, jedoch verfehlte ich. Genervt erhob ich mich und schmiss die Papierkugel hinein...und dann sah ich etwas aus meinem Augenwinkel: Ein leichtes blaues Schimmern, welches von meinem Papierkorb ausging. Kurz wollte die Panik in mir aufsteigen, doch es war nicht dasselbe Leuchten, das den Neubeginn des Tages signalisierte. Es war schwächer und gleichzeitig konzentrierter. Verdutzt kippte ich den Papierkorb aus und konnte nicht fassen, was ich daraufhin sah: die hellblaue Taschenuhr mit den goldenen Ziffern und Zeigern. Ich hob sie vom Boden auf und betrachtete sie. Ganz sicher: Es war jene Uhr von jenem Tag. Ich konnte es nicht fassen – das war unglaublich, die Uhr war mit mir in die Vergangenheit gereist! Und ich hatte sie erst jetzt bemerkt. War sie die ganze Zeit dort gewesen? Hatte sie vielleicht etwas mit dem Zeitreisen und den vielen Neustarten dieses Tages zu tun? War das möglich? Ich erinnerte mich an Sumōkīs Uhr, die seltsamerweise rückwärts gelaufen war. Es fühlte sich so an, als wäre es vor einer Ewigkeit gewesen. Sicherlich waren es bloß ein paar Wochen, aber meine subjektive Zeitwahrnehmung war mittlerweile so verzerrt und ich hatte irgendwann aufgegeben, die Tage mitzuzählen, die ich schon in diesem Albtraum verweilte.

Das blaue Schimmern, das mich nun fast anzulachen schien, kam von der Seite der Uhr, an welcher ein Schieberegler eingebaut war, den ich damals jedoch nicht bemerkt hatte. Er befand sich minimal über dem untersten Punkt der Uhr und ließ sich offenbar weit nach oben drücken. Für einen kurzen Moment wollte ich einfach intuitiv den Regler verschieben, doch dann gewannen die Sorgen in meinem Kopf die Überhand. Was, wenn ich dadurch alles schlimmer machte? Was, wenn ich dadurch noch weiter durch die Vergangenheit reiste? Was, wenn diese Uhr explodierte und mich tötete? Nein, es war viel zu ungewiss, was passieren würde, also tat ich zunächst nichts. Es war alles schon schlimm genug...ich wollte nichts riskieren. Gefangen in einem Zustand der Ungewissheit, ließ ich die Uhr ein bisschen in meiner Hand hin- und hergleiten; wie hypnotisiert starrte ich auf sie herauf, auf die Zahlen, diese goldenen Zahlen. Sie lösten etwas in mir aus, das ich nicht genau benennen konnte, doch auf einmal bekam ich das Gefühl, als könnte ich das Bild in meinem Kopf doch endgültig entschärfen. Als würden in meinem Kopf die Zahnräder einrasten. Zahlen...es waren Zahlen. Ja, genau! War ich nicht schon einmal darauf gekommen, dass sich irgendwo Ziffern in dem Bild befanden? Die Uhr hatte mich gerade daran erinnert – und dieses Mal würde ich mir die

Erkenntnis nicht wieder entgleiten lassen.

Ich setze mich mit neuer Entschlossenheit an meinen kleinen Schreibtisch und begann, mit meinem Bleistift die ersten Linien zu zeichnen. Die Augen mal geschlossen, mal geöffnet, zeichnete ich von meinen Gedanken ab. Die Striche flossen automatisch aus meinen Fingerspitzen, ohne dass ich groß darüber nachdenken musste, und je weiter ich fortschritt, desto klarer wurde das Muster auf dem Papier, bis die Zeichnung schlussendlich vollendet war. Gerade wollte ich sie genauer betrachten, als es an der Tür klopfte.

»NEMOOOOO, AUFSTEHEN, DIE SONNE LACHT!«, rief meine Mutter gespielt freundlich und klopfte dabei immer stärker. Trotzdem war das Geräusch kaum über die Musik zu hören. Sofort packte ich die Zeichnung in meine Hosentasche und öffnete daraufhin die Tür. Dann nahm alles seinen bekannten Lauf. Ich würgte das kalte Stück Pizza herunter, wurde eingekleidet und mit dem Rucksack ausgestattet, und schließlich auf meine Mission geschickt. Doch heute war ich froh über die Zeit allein im Wald und betete, dass sie nicht vorbei sein würde, bevor ich bereit dafür war. Ich packte die Zeichnung aus meiner Hosentasche und schaute sie wie hypnotisiert an. Abgebildet war ein Telefon, unser Haustelefon, und die digitalen Zahlen darauf: 21:37. Endlich konnte ich alles klar sehen. Doch was hatte das zu bedeuten? Und wieso schwirrte gerade dieses Bild die ganze Zeit in meinem Kopf herum...und warum gerade diese Zahl? In diesem Moment war ich mir nicht sicher, ob dies wirklich aus meinen Erinnerungen kam oder irgendetwas sie bloß mit diesem Bild korrumpierte, aber vielleicht spielte das auch keine Rolle, denn ich wusste auf einmal, was ich zu tun hatte. Ich konnte es kaum fassen. Die

Euphorie, die sich bei dieser Erkenntnis in meinem Körper ausbreitete, fühlte sich unglaublich fremd an. Würde der Tag es zulassen und nicht wieder enden, bevor es so weit war, könnte ich heute vielleicht etwas ändern.

Als ich endlich wieder zuhause angekommen war, wurde ich im Gegensatz zu den anderen Malen, als meine Eltern die Zeichnung von ihnen gefunden hatten, nicht wirklich beachtet. Sie interessierten sich lediglich für das Geld, welches sie aus meinem Rucksack nahmen; danach ignorierten sie mich wieder. Also verkroch ich mich in mein Zimmer und ertrug angestrengt die Musik, bis meine Eltern endlich schliefen.

Den restlichen Tag verbrachte ich dann damit, auf die blaue Taschenuhr zu starren, bis der Stundenzeiger die Zahl 9 überdeckte. Mit jeder voranschreitenden Sekunde war ich mir sicher, es würde gleich vorbei sein und ich hätte wieder versagt. Doch die Zeit drehte sich immer weiter vorwärts. Meine Eltern waren inzwischen wieder wach, die Musik laut, und ich hörte mehrere fremde Stimmen vor meiner Tür. Ich zitterte am ganzen Körper und zögerte das, was ich tun wollte, immer weiter hinaus, doch als der goldene Minutenzeiger der Uhr die 30 anzeigte, wusste ich, dass ich es nun tun musste. Ich atmete tief durch und öffnete die Tür, wonach die ohrenbetäubende Musik meine Ohren augenblicklich erdrückte. Doch ich ignorierte sie so gut ich konnte. Ich hatte ein Ziel.

Neben meinen Eltern waren nun vier weitere junge Erwachsene in unserem Haus - drei Frauen und ein Mann, alle rauchend, trinkend und tanzend.

»EEEEH, Misaki!«, rief eine von den Frauen und zeigte mit dem Finger auf meinen zitternden Körper. »IST DAS

DEINE TOCHTER?«

»NEEEMO!«, lallte meine Mutter und takelte auf mich zu. »WAS MACHST DU DENN HIER ZU SO EINER SPÄTEN STUNDE?«

»Ich-ich wollte mir noch was zu Essen holen«, log ich.

»Wir haben leider nichts mehr da, Schätzchen«, sabbelte sie und umschlang mich mit ihrem verschwitzten Arm. Ich hielt die Luft an. »Aber ich hab hier was, das dir beim Schlafen hilft...und hopp!« Ohne dass ich mich darauf vorbereiten konnte, steckte sie mir ein kleines Glas in den Mund und kippte den Inhalt hinein. Instinktiv schluckte ich es herunter, woraufhin meine ganze Kehle brannte und ich heftig husten musste. Alle Anwesenden brachen in schallerndes Gelächter aus.

»War das der Siebzigprozentige?«, fragte mein Vater grinsend.

»Ja!«, antwortete meine Mutter, ebenfalls grinsend, ihre gelben Zähne nur wenige Zentimeter von meinem Gesicht entfernt. »Davon wird sie gut schlafen können.« Hatte ich da etwa gerade Alkohol getrunken? Auf einmal wurde mir schwindelig, und ich wusste, es war noch nicht wegen der Wirkung, sondern weil ich Angst vor dieser Wirkung hatte und davor, dass ich mich nicht dagegen würde wehren können. Meine Atmung beschleunigte sich, ich zitterte und ich spürte, wie mein Körper immer heißer wurde. Schnell huschte ich zu unserem Telefon hin, bevor die Wirkung einsetzen konnte. Meine Eltern und ihre Freunde beachteten mich weiterhin nicht.

»Wieso heißt sie eigentlich wie dieser Fisch?«, fragte eine der Freundinnen und brach in ein Kichern aus.

»Na, weil das mein absoluter Lieblingsfilm ist!«, rief

meine Mutter ebenfalls lachend.

»Aber ist das nicht ein Jungenname?«

»Ach, das Amt hat es durchgehen lassen, also ist mir das scheißegal.« Erneut lachten alle; sie kriegten sich fast nicht mehr ein. Neben dem Alkohol und der Angst ließ nun auch die Wut meinen Körper brennen, doch ich unterdrückte sie und konzentrierte mich auf das Telefon in meiner Hand.

Auf dem Display stand 21:37. Es war also so weit. Ich kniete mich hinter einen der Sessel, um unentdeckt warten zu können – um darauf zu warten, dass dieses bestimmte Bild vor meinen Augen, das Bild eines einfachen Telefons, mir auf der Suche nach Antworten weiterhalf...und ab diesem Zeitpunkt fehlt mir von diesem Abend jede Erinnerung.

Als ich wieder zu Bewusstsein kam, lag ich auf dem Boden des Wohnzimmers in einer Pfütze aus etwas, das ich gar nicht wirklich definieren konnte – und es wahrscheinlich auch gar nicht wollte. Mein Kopf schmerzte ungemein, dennoch war es eine Erleichterung, dass die Musik aufgehört hatte. Ich hörte Schritte, doch war ich außerstande, meinen Kopf in ihre Richtung zu drehen. Dann erschien mir plötzlich ein vertrautes Gesicht...doch ein wenig anders, als ich es sonst kannte.

»Nemo, hörst du mich? Nemo?«, vernahm ich stumpf die laute, panische Stimme meiner Großmutter, die meinen Kopf leicht anhob. »Was haben sie mit dir gemacht? Haben sie dir Alkohol gegeben?«

»Großmutter?«, fragte ich irritiert. »Bin...bin ich wieder zurück in der Gegenwart?«

»Was...wovon redest du da, Kind?«, fragte sie hektisch

und hob meinen Körper in die Luft. Alles war so verschwommen, doch ich erinnerte mich nach und nach. Ich hatte das alles hier schon einmal durchlebt. Vor sieben Jahren. Jetzt, wo ich endlich die Wahrheit sah, kehrte der Schmerz mit jedem weiteren Moment, den ich hier war, zurück in meine Erinnerungssammlung.

»NEMOOO!«, hörte ich das Brüllen meiner Mutter und sah, wie ein Polizist sie zu meinem Vater in einen Polizeiwagen stecken wollte. »WIESO HAST DU UNS DAS ANGETAN?! WIR LIEBEN DICH DOCH SO UNENDLICH VIEL! WIESO ZERSTÖRST DU UNSERE FAMILIE?« Sie heulte und kniete sich auf den Boden, sodass ein weiterer Polizist sie packen musste, um sie zu tragen.

»LASST MICH LOS, ICH WILL ZU MEINEM KIND! NEMO, WARUM? NEMO! NEMO, BITTE SAG IHNEN, DASS ICH DICH LIEBE, BITTE! ICH BIN DOCH DEINE MAMA!« Dann hielt meine Großmutter mir die Ohren und die Augen zu und ich hörte nur noch dumpfe Laute. Es war so wie damals – nun war alles wieder da. Eigentlich war es die ganze Zeit dagewesen, doch hatte ich es mir bisher wohl nicht eingestehen wollen oder können.

Ich hatte meine Großmutter damals betrunken angerufen, woraufhin sie krank vor Sorge die Polizei verständigt hatte. Jetzt wusste ich es wieder. Ich war für das alles verantwortlich. Ich war dafür verantwortlich, dass meine Eltern bis in die Gegenwart hinein im Gefängnis saßen; ich war dafür verantwortlich, dass meine Großmutter sich um mich kümmern musste. Mein kindliches Gehirn hatte diese Tatsache offenbar verdrängt, doch jetzt konnte ich die Wahrheit nicht mehr verleugnen. Ich hatte meine Familie zerstört. Ich ganz allein.

-Erkenntnis-

Was ist Schuld? Diese Frage habe ich mir in meinem Leben ziemlich oft gestellt. Wahrscheinlich lag es daran, dass ich mir nichts Schlimmeres vorstellen konnte, als mit Schuld überbeladen zu sein. Schon immer wollte ich Gutes tun und hatte es immer bereut, wenn es mir nicht gelungen war. Ein schlechtes Gewissen fraß mich stets von innen auf. Doch in dem Fall meiner Eltern änderte sich meine Einstellung zur eigenen Schuldfrage im Sekundentakt.

In meinem Zimmer sitzend und mit ausgeheulten Augen lehnte ich an einer der Wände und vergrub mein Gesicht in meinen herangezogenen Beinen. Meine Großmutter hatte von mir verlangt, dort zu warten, während sie sich ausführlich mit den Beamten unterhielt. Noch immer drückte der Kopfschmerz gegen meine Schläfen, doch was mein Gemüt am meisten verunreinigte, war der Fakt, dass mein eigenes Handeln meine Eltern ins Gefängnis befördert hatte. Ich vergaß, was sie mir angetan, wie sie mich für ihre Geschäfte benutzt und meine Kindheit vergiftet hatten. Für mich war das einzig Präsente in diesem Moment das Bild meiner heulenden Mutter in meinem Kopf, welche die Polizisten anflehte, sie zu ihrer Tochter gehen zu lassen. Vielleicht sollte ich versuchen, meine Eltern zum Positiven zu verändern, wenn sich der Tag erneut wiederholte. Die Zukunft, in der meine Großmutter sich um mich kümmern musste und meine Eltern hinter Gittern saßen, war vielleicht einfach nicht die richtige, auch wenn ich mich in dieser Situation natürlich viel wohler gefühlt hatte. Doch vielleicht spielten meine Gefühle nur eine untergeordnete Rolle; vielleicht war ich einfach nur egoistisch. Die eigene Familie ins Gefängnis zu schicken, wenn man die Möglichkeit hatte, aus ihrem Schicksal ein schöneres zu machen, das war wirklich egoistisch. Ich war in diesem Moment von mir selbst angewidert.

»Hör auf, dir die Schuld zu geben...ist ja unerträglich«, ertönte aus dem Nichts eine zischende Frauenstimme. Ich zuckte zusammen, alles in mir wurde heiß, und als ich meinen Kopf erhob, starrte ich in ein rot ausgefülltes Augenpaar. Ich schreckte zusammen und das darauffolgende Zittern machte mich bewegungsunfähig. Sie sah aus wie ein Zombie; alles andere als menschlich. Sie hatte blaue Haare und blasse, zerstückelte Haut, dessen Ritze wie Magma leuchteten. Ich wollte sprechen, doch meine Schnappatmung ließ keinen Ton entweichen. Ich griff nach meiner linken Hand und hielt sie fest, während ich die Gestalt ängstlich anschaute und darauf wartete, dass mein Atem sich beruhigte.

»Wenigstens mal jemand, der Respekt vor mir hat«, sprach das offenbar weibliche Wesen in einem nachdenklichen Ton. Dann griff sie sich einen meiner kleinen Stühle aus der Ecke, stellte ihn vor mir ab und setzte sich. »Mein

Name ist Tikato, ich bin die Göttin der Zeit, und dein Name müsste...Mist...ich hatte ihn doch gerade noch im Sinn.« Mit weit aufgerissenen Augen starrte ich sie an. Eine Göttin? Sowas gab es doch nicht, unmöglich. Das musste eine Verrückte sein, die eingebrochen war, das war die einzig sinnvolle Erklärung. Vielleicht eine von den vielen nervigen Drogenfreunden meiner Eltern. Doch ich verwarf den Gedanken als die Frau von der einen auf die andere Sekunde plötzlich begann, wie ein Hologramm zu flackern und dann blau zu leuchten, bis ihren Lippen schließlich ein dumpfer Schmerzensschrei entwich.

»W-was...was...um alles in der...Welt?« Ich rang nach Luft.

»Woooah, o Mann, Alter«, raunzte mein Gegenüber und packte sich mit ihren blutenden und verbundenen schmalen Händen an den Kopf. »Okay, okay, ich hatte hier doch was zu erledigen.« Dann schüttelte sie sich kurz und blickte mich wieder an. Ich knallte vor Schreck mit meinem Kopf gegen die Wand hinter mir.

»Nemo!«, rief sie plötzlich und ihre leuchtend roten Augen starrten mich an. »Dein Name ist doch Nemo, oder?«

»J-ja, woher...woher wissen Sie das?«

»Das ist eine verdammt gute Frage...also...boah...jedes Mal, jeeeedes Mal.« Sie klopfte sich mit ihrer bandagierten Faust gegen die Schläfen.

»Was wollen Sie von mir?«, traute ich mich zu fragen, in der Hoffnung, dies würde sie beruhigen oder ihre Aufmerksamkeit wenigstens wieder auf etwas Sinnvolles lenken, denn auch wenn sie die Aggression aktuell nur gegen sich selbst ausübte, bereitete sie mir mit ihrer Unberechenbarkeit großes Unbehagen.

»Was ich will?«, wiederholte sie und wurde plötzlich wieder völlig ruhig, zu meiner minimalen Erleichterung. »Ja, genau, ich will etwas...JA, DAS WAR'S! Ich hätte gerne meine Uhren zurück. Da die andere ein hoffnungsloser Fall ist, versuch ichs jetzt bei dir. Oder? So in der Art war es doch...« Sie blickte nachdenklich auf den Boden, ihre Augen auf faszinierende Art und Weise leuchtend. So etwas hatte ich noch nie gesehen.

»D-die andere?«, fragte ich irritiert. So langsam wurde ich etwas ruhiger – oder vielleicht war mein Kopf von dem Versuch, die ganze Verwirrung hier zu verstehen, auch nur zu sehr am Rauchen, als dass er sich weiterhin damit beschäftigen konnte, mir Angst zu machen. Wie dem auch sei – dieses Gespräch verlangte gerade so oder so meine volle Aufmerksamkeit. »Meinen Sie etwa Sumōkī?«

»JA...Sumōkī...du kannst dir nicht vorstellen, wie nervig sie ist.« Die Gestalt stand auf und blickte in Richtung des Fensters. »Sie hat einfach jedes Mal meine Uhr benutzt, gerade dann, wenn ich sie gebeten hatte, sie mir zurückzugeben. Ich habe das Gefühl, dieses Mädchen nutzt meine Vergesslichkeit aus. Und jedes Mal dasselbe Gerede, *ich werde meine Familie retten, bla bla bla*, und nicht ein einziges Mal hat sie es hinbekommen...es nervt so langsam, verstehst du, Nemo?« Im Gegenteil – ich verstand absolut gar nichts mehr. Was sollte *Uhr benutzen* bedeuten? Soweit ich wusste, konnte man Uhren nur ablesen. Aber diese schienen ja keine normalen Uhren zu sein, so viel war mir wenigstens klar. Und was war mit Sumōkīs Familie denn überhaupt geschehen? Sie hatte nie über ihre Familienverhältnisse gesprochen, doch war mir nicht bewusst gewesen, dass ihre Verschwiegenheit zu dem Thema auf eine Tragödie zurückgeführt werden konnte. Sie hatte auf mich nie so gewirkt, als hätte sie etwas ganz Schlimmes erlebt...oder...vielleicht war ich auch einfach nur zu unaufmerksam gewesen.

»Moment...«, mir kam plötzlich ein Gedanke, »...bedeutet das, Sumōkī befindet sich also auch in der Vergangenheit? Und kann sich ebenfalls an die Gegenwart erinnern, genauso wie ich?«

»Natürlich...was erwartet ihr, wenn ihr die Uhren der Zeitgöttin einfach so in Besitz nehmt? Ihr könnt froh sein, dass ihr nichts Schlimmeres angestellt habt...naja, jedenfalls hat sie dann endlich aufgehört, sich in die Vergangenheit zu begeben, als sie *endlich* mal lang genug auf mich gehört hat, sodass ich ihr mitteilen konnte, dass die Trägerin meiner anderen Uhr jedes Mal ebenfalls mit ihr in die Vergangenheit geschickt wird...dann hat sie endlich aufgehört...und dann bin ich...wieso bin ich dann nochmal zu dir gekommen?« Die Worte dieser angeblichen Göttin waren so wirr, dass ich kaum folgen konnte – sie schien sich selbst nicht einmal richtig folgen zu können. Aber eines glaubte ich verstanden zu haben: Diese blauen Taschenuhren, welche wir an jenem Tag entdeckt hatten...sie hatten dafür gesorgt, dass wir in der Vergangenheit gelandet waren.

»Ähm...Entschuldigung...Tikato, richtig?«, fragte ich und erhob mich vorsichtig mit zitterndem Körper, die rechte Hand an der Wand, um mein Gleichgewicht zu sichern. »Ist es irgendwie möglich, dass ich Sumōkī treffe?«

»JA!«, rief sie plötzlich und blickte mich mit aufgeregt glänzenden Augen an. »Ich danke dir! Genau, das war's...als ich ihr erzählt habe, dass du jedes Mal, wenn sie durch die Zeit reist, mit ihr in die Vergangenheit gerissen wirst, wollte sie dich sofort treffen und hat mich gebeten, dir das zu sagen. Natürlich habe ich das akzeptiert – was sollte ich schon dagegen haben, wenn die beiden Diebinnen meiner Uhren an einem Ort zusammenkommen, wo ich sie gleichzeitig davon überzeugen kann, sie mir zurückzugeben?« Sie lachte abfällig. »Genau, sie sagte, du solltest zu irgendeinem Kreis kommen...ne, das war's nicht...zu einem Treffen...Moment...ich hab's gleich!«

»Zu unserem Treffpunkt?«, fragte ich, doch bevor Tikato antworten konnte, hatte ich schon die Taschenuhr von meinem Schreibtisch in meine Hosentasche gesteckt, meine Jacke übergezogen und das Fenster geöffnet.

»Ja...vielleicht war es Treffpunkt...oder doch was anderes?«, fragte sie irritiert vor sich her und schien dabei gar nicht zu bemerken, dass ich mich schon auf den Weg gemacht hatte. Ich störte mich jedoch nicht daran und kletterte flink aus meinem Fenster, welches nur wenige Zentimeter über dem Boden schwebte, und ging dann mit schnellen Schritten in den Wald hinein, sodass mich meine Großmutter und die Beamten dabei nicht erwischen konnten. Auf dem Weg zu unserem Treffpunkt ging mir ein flaues Gefühl durch den Magen. Zwar traf ich mich in der Gegenwart täglich mit Sumōkī an diesem Ort, jedoch war es diesmal etwas ganz anderes, und auf irgendeine Art und Weise hatte ich das Gefühl, gleich einen fremden Menschen zu treffen.

Ich sah sie schon aus weiter Entfernung; sie saß auf unserem Baumstamm, so wie immer. Ihr Körper war zwar kleiner, doch war es dieselbe Sitzposition: leicht gekrümmt, ein Bein über das andere geschlagen. Nachdem ich ein paar weitere Schritte auf sie zugegangen war, drehte Sumōkī ihren Kopf nach rechts und ihre blauen Augen trafen meine roten. Ein kurzer Schock fuhr durch meinen Körper. Dann stand sie auf und ging zügig auf mich zu – dieses Mal nicht, um ein gemeinsames Foto von uns zu schießen, sondern um mich mit voller Wucht fest zu umklammern. Trotz der eisigen Kälte um uns herum war das Gefühl warm und sie hatte mir gar keine Zeit gelassen, mir noch mehr Gedanken darüber zu machen, wie seltsam diese Begegnung doch eigentlich war – und dafür war ich ihr unendlich dankbar. Ihr Herzschlag war schnell und ich konnte ihn in meinem Körper spüren. Zum ersten Mal seit einer langen Zeitspanne zitterte ich kein bisschen, meine Arme und Hände fest um ihren zierlichen Körper gelegt.

»Ich bin so...so froh, dich zu sehen«, sagte sie in ihrer zwar noch immer monotonen, aber dieses Mal auch leicht belegten Stimme. Sie klang dadurch liebevoller als sonst – und natürlich von der Stimmlage her jünger, auch wenn sie trotz ihres kleineren Körpers noch immer sehr erwachsen auf mich wirkte. »Es tut mir leid, ich...ich hatte keine Ahnung, dass du jedes Mal mit mir mitkommst.« Sie ließ mich los und blickte mich daraufhin an. Ihr Ausdruck ließ es zwar nicht verlauten, jedoch spürte ich, dass Mitgefühl von ihrer Seite kam.

»Ist...ist schon okay. Ich kann es nur immer noch nicht so...wirklich glauben. Zeitreisen...das macht doch keinen Sinn...aber trotzdem sind wir hier.«

»Und trotzdem lässt sich nichts verändern, vor allem...«, begann sie kalt und ließ sich dann allmählich verstummend wieder auf dem Baumstamm nieder, von dem ihre Beine dann energielos runterhingen. Sollte ich es ansprechen? War das übergriffig?

»Was wolltest du verhindern?« Sie blickte mich an – nicht wütend, eher verwundert.

»Zwei meiner Familienmitglieder sterben...immer wieder...«, begann sie zu meiner Verblüffung, ohne dass ich weiter nachhaken musste. »Mein Vater stirbt bei einem Flugzeugabsturz und meine Mutter tötet kurz darauf meine Schwester.« Alles zog sich in mir zusammen. Ich war völlig fassungslos und hörte ihr wie gebannt zu, als sie weitersprach. Ich würde sie nicht unterbrechen. Ich hatte Angst, dass ich sie dadurch davon abschrecken würde, mir mehr zu erzählen. »Als es damals das erste Mal geschehen ist, habe ich meine Mutter gedeckt, und wurde daraufhin für mehrere Jahre in eine Kinder- und Jugendpsychiatrie gesteckt, in welcher ich ganz allein trauern musste. Als ich wieder zurückkam, war meine Mutter drogenabhängig geworden und glaubte in ihrem Wahn wirklich, dass ich es gewesen war, die meine Schwester umgebracht hatte. Aus diesem Grund hasst sie mich in der Gegenwart noch immer. Aber allein lassen wollte ich sie trotzdem nicht. Nicht nach allem, was geschehen war. Keine von uns sollte ein weiteres Familienmitglied verlieren.«

Noch nie zuvor hatte ich Sumōkī so lange am Stück reden hören. Normalerweise war sie völlig in sich gekehrt, doch schien dies tief in ihrem Inneren vernarbt gewesen zu sein. Obwohl ihre Geschichte ein unglaubliches Grauen in mir auslöste, gab es mir gleichzeitig auch ein warmes Gefühl, dass sie sich mir anvertraute, und dass wir beide nun nicht mehr allein in dieser völlig beängstigenden Situation steckten. Nach einer kurzen Pause fuhr sie fort.

»Und als ich dann hier ankam und begriff, dass ich etwas verändern konnte, da dachte ich, ich könnte mein Schicksal selbst gestalten. Doch alles blieb beim Alten. Egal, was ich tat, mein Vater starb jedes Mal. Ob ich ihn anflehte, anschrie oder ihn sogar mit einem Messer am Bein verletzte, in der Hoffnung, er würde nicht in den Flieger steigen können, jedes Mal verlor er sein Leben. Und auch jedes Mal starb entweder meine Mutter oder meine Schwester, wenn ich versuchte, sie beide zu retten.« Sie zog ihre blaue Taschenuhr aus ihrer Jackentasche und blickte auf sie herauf. »Ich habe diese Macht bekommen und dennoch kann ich rein gar nichts verändern.« Und dann sah ich zum ersten Mal, wie Tränen die Wangen des sonst so emotionslosen blauhaarigen Mädchens herunterglitten. Sofort setzte mein Herz einen Schlag aus und ich spürte eine unglaubliche Traurigkeit tief in meinem Bauch. Sollte ich sie wieder in den Arm nehmen? Oder war das zu viel? Würde Nähe es vielleicht sogar schlimmer machen? Nach wie vor hatte ich Angst, sie abzuschrecken oder dafür zu sorgen, dass sie es bereuen würde, mir das alles erzählt zu haben. Doch ihr zartes Gesicht sah so traurig aus und es brach mir das Herz.

»Laaaaangweilig«, ertönte eine mir mittlerweile bekannte Frauenstimme aus dem Nichts. Trotzdem begann ich sofort wieder zu zittern, als ich die dürre Frau mit den blauen Haaren und den roten Augen auf einmal vor uns stehen sah.

»O nein, nicht sie schon wieder«, sagte Sumōkī und verdrehte ihre Augen. Den Kloß in ihrem Hals hatte sie scheinbar heruntergeschluckt und sie sah nun wieder mehr nach der Sumōkī aus, die ich kannte, obgleich es natürlich noch eine jüngere Version von ihr war. Was hielt sie wohl eigentlich von mir in dieser Gestalt? Fand sie es seltsam, mich so zu sehen? Doch lange Zeit hatte ich nicht, um darüber nachzudenken. Eigentlich war es auch nicht der richtige Moment dafür, aber meine Gedanken schienen sich immer um die vollkommen unpassendsten Sachen zu drehen und gerade dann nicht die Klappe halten zu wollen, wenn ich mich wirklich auf das Hier und Jetzt fokussieren musste.

»So, also, kommen wir mal zur Sache«, sprach Tikato und räusperte sich daraufhin.

»Ach, hast du es dir etwa diesmal gemerkt?« Sumōkīs gehässige Stimme machte mich verlegen. Wie konnte sie bloß so aufmüpfig gegenüber diesem Wesen sein? Immerhin wussten wir nicht, über welche Kraft die angebliche Göttin verfügte. Ich war mir zwar noch immer nicht sicher, ob sie wirklich eine war, doch irgendwelche magischen Kräfte schien sie auf jeden Fall zu besitzen, und das reichte, um mich einzuschüchtern.

»Ja...ich...«, begann Tikato und kratzte sich dabei mit ihren brüchigen Fingernägeln am Kopf, »...ich hab's gleich.«

»Hab keine Angst vor ihr, Nemo«, flüsterte Sumōkī und legte mir ihre Hand auf die Schulter. »Die ist vollkommen hilflos.«

»SCHNAUZE!«, brüllte Tikato plötzlich und Feuer entflammte in ihren Augen. Ich schreckte nach hinten, doch Sumōkī verzog keine Miene. Tikato sprach verächtlich weiter. »Du weißt ja gar nicht, wie es ist, wenn du die Zeit bist. Ich bin immer und ewig, überall, alles prasselt zeitgleich auf mich ein. Dafür, dass winzige Momente für mich kaum zu verarbeiten sind, schlag ich mich verdammt gut. Also...sei bitte rücksichtsvoll und sag mir nochmal, wieso wir uns...hier getroffen haben. Okay?«

»Ähm...«, ich zog zögerlich meine Uhr aus meiner Jackentasche und streckte sie in ihre Richtung. »Du...du wolltest deine Uhren zurück, oder, Tikato?« Sumōkī blickte mich streng an, doch verstand ich nicht, wieso. Ein

Schauder lief mir über den Rücken.

»Genauuu! Dankeschön, vielen, vielen Dank, Kleine. Ja, gebt mir bitte meine Uhren zurück. Ich habe noch etwas zu erledigen.«

»K-kehren wir dann...wieder in unsere Zeit zurück?«, wollte ich wissen. Tikato, die gerade dabei war, ihre beiden verbundenen Hände zu uns hinzustrecken, blickte mich nun fragend an.

»Nein, natürlich nicht, ihr existiert dann nicht mehr.« Sie sagte es, als wäre es das Selbstverständlichste der Welt. Als würde es nicht unser ganzes Leben unwiderruflich verändern, wenn sie uns gerade die Wahrheit erzählte.

»W-was?« Ihre Antwort hatte mich wie ein Schlag getroffen und ich musste verstehen, was das zu bedeuten hatte – meine Gedanken konnte ich gerade aber nicht richtig formulieren.

»Willst du uns etwa umbringen?«, fragte Sumōkī verärgert und umklammerte ihre Uhr daraufhin fest, während sie die Hand, in der sie sie hielt, hinter ihrem Rücken versteckte. Meine linke Hand begann wieder zu zittern. Irgendein Teil von mir hoffte immer noch, dass das alles hier ein Traum war, aus dem ich jeden Moment aufwachen würde, aber eigentlich wusste ich, dass das bloß Wunschdenken war.

»Ach, diese Menschen...«, stöhnte Tikato und schüttelte mit dem Kopf, »...mit ihren ganzen Fragen. Okay, passt auf, ich erkläre es euch. Die Zeit ist wie ein unendlich großer Haufen Zahnräder – nicht linear, sondern verstreut in alle Richtungen. Manche dieser Räder drehen sich langsamer als andere, manche sind größer und manche sind kleiner.

Jedes Zahnrad steht für die kleinste Zeiteinheit in diesem Universum und alle drehen sich gleichzeitig. Wenn man eines in eine andere Richtung dreht, verändert sich das gesamte Konstrukt. Die Zeit vergeht nicht, sie ist einfach immer da, nur unterschiedlich angeordnet. Euer Körper und euer Gehirn existieren auf unzähligen Zahnrädern, einfach Materie gepaart mit bestimmten Erinnerungen. Jede Sekunde seid ihr einfach ein anderer Haufen Materie, der auf eine Erinnerung mehr oder weniger zugreifen kann. Das Gefühl, ihr seid eine Seele, die all diese Zahnräder durchläuft, ist lediglich eine Illusion. Die Göttin der Zeit jedoch ist mehr als das – ich bin auf jedem Zahnrad gleichzeitig und kann, egal von welcher Richtung ich komme, auf jede meiner Erinnerungen zurückgreifen. Ich kann zeitlos über mich selbst und meine Erlebnisse reflektieren; das unterscheidet mich von den Menschen.« Mein Kopf qualmte. Ich wusste nicht, ob ich das so schnell alles für mich ordnen konnte, wenn überhaupt irgendwann. Ich blickte zu Sumōkī und ihr Blick schien genauso verwirrt wie meiner zu sein – wenigstens war ich damit nicht allein.

»Aber...wieso können wir uns dann an alles erinnern, obwohl wir in die Vergangenheit springen und Menschen sind?«, fragte Sumōkī mit skeptischem Blick.

»Na, weil sich meine Uhren an euch kleine Menschenhaufen gebunden haben. Ihr seid zwar an eure Körper gebunden, jedoch scheint ihr offenbar wie ich zumindest begrenzt in der Lage zu sein, zwischen der Zeit zu wandern. Das liegt daran, dass durch die Uhren ein Teil meines Seins in euch lebt. Und dieses eine Zahnrad, zu dem ihr euch bewegen könnt, ist bei dir, Sumōkī, sieben Jahre in der Vergangenheit von eurer beider Gegenwart aus – also der

Zeitpunkt, an dem wir uns jetzt befinden – und bei dir, Nemo, sieben Jahre in der Zukunft von eurer beider Gegenwart aus; das wären also vierzehn Jahre von diesem Punkt aus. Ihr seid nun zwei Teile von mir, zwei Zeitpunkte von mir, jedoch wacht ihr immer in euren eigenen Körpern auf, da ihr trotz alledem Menschen bleibt. Ist doch ganz logisch.«

»Warte...und was ist jetzt mit unserer Gegenwart?« Sumōkī wurde immer genervter von Tikatos wirrem Gerede. Die Zeitgöttin schien nicht zu verstehen, dass das, was sie uns sagte, für uns nicht so selbstverständlich war wie für sie.

»Na, die befindet sich nicht an den beiden Zeitpunkten, zwischen denen ihr nun dank meiner Uhren wandern könnt. Das habe ich euch doch gerade erklärt.« Tikato wirkte ungeduldig und ich verstand nicht, wie jemand, der buchstäblich über alle Zeit der Welt verfügte, noch so etwas wie Ungeduld verspüren konnte.

»Also kommen wir da nie wieder hin? Ist es das, was du uns sagen willst?« Mein Herz rutschte mir in die Hose als Sumōkī die Frage aussprach, die ich mir auch gestellt hatte. Nervös wartete ich Tikatos Antwort ab.

»Naja, theoretisch schon, wenn ihr jetzt sieben Jahre warten wollt. Dann kommt ihr natürlich irgendwann wieder da an. Aber...so lange meine Uhren an euch beide gebunden sind, kann ich mich nicht mehr frei über die Zahnräder bewegen, und das ist ziemlich blöd für mich. Wir sind aktuell alle drei immer an die anderen beiden gefesselt, und das ist, glaub ich mal, für uns alle eine Belastung. Ich fühle mich, als würde etwas versuchen, mich auseinanderzureißen, aber dennoch hält mich etwas hier. Es ist noch schlimmer als sonst...also kommt, gebt mir endlich die Uhren zurück und wir gehen dann alle den für uns vorbestimmten Weg.« Ein weiteres Mal streckte Tikato ihre beiden knochigen Hände auffordernd zu uns aus, woraufhin ich wieder instinktiv die blaue Taschenuhr in meiner Hand in ihre Richtung streckte...doch plötzlich umklammerte Sumōkī meinen Arm mit ihren kleinen Händen und hielt mich somit zurück.

»Wir behalten die Uhren«, sagte sie im selbstbewussten Ton. Ich blickte sie verdutzt an. »So eine Macht geben wir nicht einfach ab, nicht wahr, Nemo?« Beim Anblick der entsetzten Tikato zitterte mein ganzer Körper – es wunderte mich manchmal, dass er noch nicht auseinandergefallen war –, doch ich vertraute Sumōkī mehr als mir selbst und mein Vertrauen in sie war auch stärker als die Angst vor der angeblichen Göttin. Sumōkī wusste bestimmt, was das Richtige in dieser Situation war. Es schien ihr besser als mir zu gelingen, in solchen schwierigen Momenten einen kühlen Kopf zu bewahren, also fuhr ich meinen Arm samt Uhr wieder ein. Sie hatte mich noch nie in die Irre geführt. Im Gegenteil. Sie war die Einzige, der es gelang oder der es jemals gelungen war, mir zumindest ein wenig von meiner allgegenwärtigen Angst zu nehmen, und das hielt ich für ein Zeichen dafür, dass sie mir guttat. Außerdem hatte ich dank des ganzen wirren Zeitgeredes kurz vergessen, dass Tikato ja gesagt hatte, wir würden nicht mehr existieren, sollten wir ihr ihre Uhren zurückgeben. Obwohl ich noch immer nicht so richtig verstand, wieso, musste ich davon ausgehen, dass es stimmte. Vielleicht wollte sie uns auch nur Angst machen, aber zu welchem Zweck? Sie wollte ihre Uhren ja zurückhaben und das wäre sicherlich nicht der

Weg, um dieses Ziel zu erreichen. Glühende Panik breitete sich in meinem Körper aus als ich daran dachte, dass ich fast so leichtsinnig gewesen wäre, unsere Existenz auszulöschen. Meine Angst vor dem Tod war in diesem Moment viel stärker als die vor Tikato. Ich war mir zwar immer noch nicht sicher, ob ich wirklich kapiert hatte, was sie uns gerade hatte erklären wollen, aber riskieren wollte ich unsere Leben auf gar keinen Fall. Unsere Gegenwart hatten wir ja scheinbar schon verloren. Das reichte doch wohl.

Ich war noch nie so verzweifelt gewesen wie in diesem Moment. Ich hasste diese Situation. Am liebsten hätte ich mich hingehockt und geheult, bis es vorbei war, aber ich wusste, dass es nicht einfach so vorbeigehen würde. Normalität und das Leben, das ich gekannt hatte, existierten nicht mehr. Sie waren mir einfach gestohlen worden und egal, wie sehr ich mir den Kopf zerbrach, es gab keinen Ausweg aus dieser fürchterlichen neuen Realität. Ich war erschöpft...einfach so müde von den letzten Tagen und dem Versuch, mit diesen ganzen Veränderungen und neuen Informationen klarzukommen. Ich wollte aufgeben. Ich verstand gar nichts mehr von der Welt. Wäre Sumōkī nicht hier, wäre ich wahrscheinlich schon längst komplett durchgedreht. Ich verstand nicht, wie sie es schaffte, so entspannt zu bleiben. Vielleicht weil ihre Gegenwart nicht unbedingt eine war, in die sie zurückwollte. Nur weil es für mich ein Verlust war, nicht mehr dorthin zurückkehren zu können, hieß das ja noch lange nicht, dass es ihr auch so ging. Ich ermahnte mich dafür, nicht schon früher darauf gekommen zu sein. Es ging hier schließlich nicht nur um mich.

»Ihr wisst doch gar nicht, was es heißt, wenn eure Existenz durch die Zeit und nicht durch die Materie definiert wird. Das ist nicht erstrebenswert.« Tikatos Stimme war streng und riss mich aus meinem Gedankenkarussell. Die Hitze stieg mir in den Kopf. Ich wusste nicht, in welcher Art es schlimmer für uns sein sollte, die Uhren zu behalten, im Vergleich zu dem Schicksal, das uns erwartete, sollten wir sie zurückgeben...dennoch bereiteten mir Tikatos Worte Angst. Schließlich war das alles hier etwas, mit dem ich noch nie in meinem Leben konfrontiert worden war. Nicht einmal etwas Ähnliches hatte ich erlebt, was mich auch nur ansatzweise auf diese Situation hätte vorbereiten können. Die Ungewissheit war demzufolge extrem hoch, ganz egal, was wir jetzt taten – und Ungewissheit war schon immer für mich sehr schwer zu verkraften gewesen.

»Okay...«, sagte Sumōkī monoton, »...wir behalten die Uhren trotzdem.« Für einige Sekunden blickte Tikato uns voller Verachtung an und wir blickten schweigend zurück, Sumōkī entschlossen, ich besorgt – doch ich versuchte es mir nicht anmerken zu lassen. Eigentlich wollte ich dies alles in Ruhe unter vier Augen mit Sumōkī besprechen, doch wir mussten jetzt standhaft bleiben und vor allem auf derselben Seite sein. Ich musste mich einfach weiterhin an ihr orientieren. Ich vertraute ihr mehr als mir selbst. Dann formten sich Tikatos Lippen auf einmal gegen meine Vermutungen zu einem süffisanten Lächeln, das ich zunächst nicht deuten konnte und das mich deswegen fast noch mehr beunruhigte als ihre Verärgerung.

»Schön...ihr wollt euch mit der Energie der Zeit verbinden, dann tut es...behaltet meine Uhren. Ich werde euren Weg schweigend beobachten und euch nicht behindern...unter einer Bedingung...«, ihr Grinsen wurde breiter, »...wenn eine von euch irgendwann ins Gras beißt und ihren Körper verliert, dann übernimmt die andere die Uhr der Verstorbenen und nimmt meinen Platz als Zeitgöttin ein.« Völlig verblüfft blickten Sumōkī und ich uns an. Hatten wir gerade richtig gehört?

»W-willst du...etwa...sterben?«, fragte ich irritiert. Ich wurde aus dieser Tikato einfach nicht schlau.

»Naja, wirklich sterben ist es nicht. Die Zeit ist zwar ewig, doch kann ich mich von meinem Individuum trennen, wenn ein anderes meinen Platz einnimmt. Tikato wird dann lediglich ein unbewusster Teil der Zeit, während Nemo oder Sumōkī den Part der bewussten Reflektion übernimmt. Es wäre eine unfassbare Befreiung für mich, diese Kontrolle abzugeben. Ich bin permanent auf der Suche nach etwas im Immer und weiß nicht einmal, was es ist. Diesen frustrierenden Zustand aufrechtzuerhalten, ist nicht begehrenswert. Mir wird keine Ruhe gelassen.« Eine von uns sollte zur Zeitgöttin werden? Das war ein unvorstellbares Szenario, doch musste ich mich jetzt wohl mit der Möglichkeit, dass es irgendwann mal eintreten könnte, auseinandersetzen – auch wenn es völlig absurd war, überhaupt über so etwas nachzudenken. Zeitgöttin sein...wollte ich das überhaupt? Konnte ich mir das vorstellen? Naja, ich würde dann unsterblich werden, soweit ich das verstand...und meine schrecklichen Todesängste würden damit einhergehend vielleicht verschwinden. Doch so wie Tikato dieses Leben beschrieb, wenn man es denn so nennen konnte, schien es alles andere als schön zu sein. Aber wenn wir mit unseren Zeituhren zwischen Zukunft und Vergangenheit hin- und herreisen konnten, konnten wir dann nicht ohnehin ewig leben? Ich blickte in das fragende Gesicht von Sumōkī und nach anfänglichem Zögern nickte ich ihr zu. Es musste ja nicht einmal unbedingt dazu kommen, dass eine von uns starb. Wir würden uns Mühe geben, es zu verhindern, da war ich mir ganz sicher...und ich vertraute Sumōkī. Alles in mir vertraute ihr und wollte das hier für sie tun und außerdem war ich der Meinung, alles wäre besser als der Tod.

»Wir nehmen das Angebot an und behalten die Uhren«, sagte Sumōkī daraufhin selbstbewusst, ihre entschlossen funkelnden blauen Augen auf die glühenden roten von Tikato gerichtet.

»Tja...mir kann es egal sein«, flüsterte die Göttin gehässig, schnipste mit ihren verbundenen Fingern und verschwand daraufhin in Begleitung von blauen Funken.

-Glück im Unglück-

Oftmals in meinem Leben durchströmte mich dieses seltsame Empfinden, die Welt würde sich um mich drehen. Als steckte ich in einer Simulation fest, die mich unter der Kontrolle anderer in die skurrilsten Situationen warf. Wie soll man sich sonst fühlen, wenn einem die Zeitgöttin begegnet, man ihre Zeituhren findet, dann noch in der Lage ist, sie zu benutzen und möglicherweise eines Tages selbst zur neuen Zeitgöttin werden soll?

Vielleicht war es unsere kindliche Naivität, die dafür sorgte, dass Sumōkī und ich uns zwar vollkommen erschlagen von diesen ganzen neuen Informationen fühlten, sie aber dennoch vergleichsweise gut verkrafteten und nicht komplett durchdrehten. Wir nahmen die Gegebenheiten nach der anfänglichen Verzweiflung mehr oder weniger hin und verhielten uns so, als wäre das die Normalität. Vielleicht weil wir mussten, denn anscheinend war das hier ja auch unsere neue Normalität. Ich orientierte mich einfach an Sumōkī, das war der Weg, das komplette Durchdrehen zu vermeiden – immerhin musste ich das nicht alles allein verkraften. Solange wir zusammen waren, würden wir jede Herausforderung überstehen.

»Ähm...also...was machen wir jetzt?«, fragte ich mit gesenktem Blick auf meine Uhr gerichtet. Eigentlich wollte ich die Tatsache, dass unsere Gegenwart – unser Leben, in dem wir uns kennengelernt hatten – für uns nicht mehr existierte, ansprechen. Es brannte mir auf der Zunge, doch ich hatte Angst, dass sie es als egoistisch auffassen würde, wenn ich meine Traurigkeit deswegen zeigte, da es ihr ja scheinbar nicht so ging und sie kein Problem damit hatte, nicht mehr dorthin zurückzukönnen. Also tat ich es nicht; sie hatte ja auch einen guten Grund, lieber hier sein zu wollen. Mit meinem Verlust würde ich schon allein klarkommen. Er war schließlich nicht mal annähernd so groß wie der, den sie hatte erleben müssen. Und sie hatte ja jetzt eine Chance, etwas daran zu ändern. Deswegen sollten wir uns auch darauf fokussieren, anstatt über mein Problem zu grübeln, das sich sowieso nicht lösen ließ. Sumōkī sprang von dem Baumstamm auf und ging ein paar Schritte von mir weg. Ich verspürte für einen kurzen Moment das mir vertraute Gefühl der Panik und stand ebenfalls ganz schnell auf, um ihr zu folgen – wieso ich so hektisch reagierte, wusste ich selbst nicht so genau. Wahrscheinlich hatte mich kurz die irrationale Angst überkommen, sie würde mich verlassen. Dann wäre ich wieder allein und orientierungslos in dieser Vergangenheit gefangen. Und ich hatte sie doch gerade eben erst wiedergefunden.

»Also...wenn ich den Tag vor der Katastrophe weiterhin immer wiederholen kann, dann habe ich theoretisch unendlich viele Versuche, meine Familie zu retten. Ich hoffe, es ist für dich in Ordnung, wenn der Tag sich für dich nun so lange wiederholt, bis ich es geschafft habe. Ich weiß nicht, wie lange es dauert, aber ich muss alles versuchen. Es muss Möglichkeiten geben, auf die ich noch nicht gekommen bin. Ich muss zurück...ich muss sie einfach retten.« Stillschweigend blickte ich auf ihren Rücken und mein Herzschlag beschleunigte sich auf unangenehme Art und Weise – mein Zittern zur selben Zeit. Ich würde also wieder zurückmüssen. Zurück zu meinen Eltern. Ich hatte es schon vermutet und war eigentlich auch bereit, mich damit abzufinden – trotzdem tat es weh, es bestätigt zu bekommen, und die körperliche Reaktion auf dieses Gefühl konnte ich nicht unterdrücken, so sehr ich es auch wollte.

»Hey«, sagte Sumōkī, als ihr auffiel, dass ich nicht reagierte, und drehte sich zu mir um. »Alles okay?« Doch ich konnte nicht antworten. Ich starrte bloß auf den Waldboden und ließ mich dann in den feuchten Blättern auf die Knie sinken. Allein die nun leider sehr reale Vorstellung, noch einmal zurück zu meinen Eltern zu müssen, fraß mich von innen auf. Es schmerzte – es war, als wäre ich gelähmt. Ich wollte nicht, dass Sumōkī das bemerkte, doch ich konnte mich gerade einfach nicht gegen meine überwältigende Angst wehren. Meine Atmung beschleunigte sich. Meine Gliedmaßen fühlten sich taub an. Irgendwann bemerkte ich, dass mir Tränen über das Gesicht liefen und Sumōkī sich zu mir heruntergekniet hatte.

»Nemo!«, rief sie und packte mich fest an der Schulter. »Rede mit mir! Was ist los?«

»N-nichts...wir können los...betätige den Schieberegler und lass uns zurückkehren.« Während ich das sprach, spürte ich, wie ich immer mehr und mehr verkrampfte, da ich den Inhalt meiner Worte selbst nicht wahrhaben wollte. Doch trotzdem hatte ich sie gesprochen, denn ich wollte, dass Sumōkī glücklich war. Was war mein Leid schon im Vergleich zu ihrem? Ich hatte kein Recht, mich zu beschweren. In ihrer Situation würde ich meine Familie doch genauso retten wollen, und ihr dies zu verweigern, wenn ich die Möglichkeit hatte, ihr bei ihrem Ziel zu helfen, wäre unglaublich egoistisch. Dann wäre ich es doch, die ihre Familie auf dem Gewissen hätte – weil ich zu ihrer Rettung hätte beitragen können und mich geweigert hätte, es zu tun. Vor allem, wenn es für mich so oder so keine gute Option mehr gab. Ich musste mein Schicksal einfach akzeptieren und mich freuen, dass wenigstens sie noch glücklich werden konnte. Ich richtete meinen von Tränen verschwommenen Blick von dem Waldboden hoch auf sie und blinzelte ein paar Mal, bis ich sie deutlicher sehen konnte. Ich schaffte es noch nicht ganz, ihr in die Augen zu schauen, doch ich erkannte trotzdem, dass sie einen irritierten Gesichtsausdruck trug.

»Ich gehe nicht, bevor du mir-«, ihr Blick wanderte zu meiner zitternden linken Hand herüber. Dann verstummte sie. Für einige Sekunden blickte sie nachdenklich ins Nichts, dann weitete sie ihre Augen und schaute mich wieder an. »Nemo...warum...lebst du eigentlich bei deiner Großmutter?« Meine Lippen zitterten und ich schwieg. Es ging gerade nicht um mich, es ging um Sumōkī – dennoch hatte ich nach wie vor solche Angst, egal wie sehr ich versuchte, rational zu denken und sie zu unterdrücken. Aber ich wollte ihr nicht die Wahrheit sagen. Ich wollte ihr kein schlechtes Gewissen machen; ich wollte einfach nur helfen. »Nemo, rede bitte mit mir«, flüsterte sie, woraufhin sie mich plötzlich umklammerte. Die Umarmung kam so überraschend, dass ich gar keine Zeit hatte, mich zusammenzureißen. Vielleicht hätte ich das auch gar nicht gekonnt. Ihre Körperwärme war stärker als mein wackliges Schutzschild. In ihren schmalen Armen brach alles aus mir heraus.

Ich konnte die heulenden Laute nicht mehr zurückhalten; das Gefühl der Trauer überwältigte mich und ich hatte keine Kontrolle über meinen Körper mehr. Es war, als hätte etwas, das tief in mir festgesteckt hatte, sich gerade gelöst. Ich konnte sie nicht mehr anlügen.

»Meine Eltern hassen mich...in der Vergangenheit und in der Gegenwart...sie sind drogenabhängig und zwingen mich, ihnen beim Dealen zu helfen. Ich habe sie schlussendlich bei der Polizei verraten, und jetzt fühle ich mich, als hätte ich meine Familie zerstört.« Für einige Sekunden herrschte eine Totenstille, mit Ausnahme meines Schluchzens.

»Das hast du nicht...«, flüsterte Sumōkī dann und strich mir über den Rücken. »Du kannst überhaupt nichts dafür, Nemo. Sie hätten sich um dich kümmern müssen, stattdessen haben sie dich ausgenutzt. Und das ist durch nichts zu rechtfertigen, klar?«

Meine Atmung beruhigte sich ein wenig. Wahrscheinlich lag es an der Umarmung, die ich gerade noch immer empfing. Am liebsten wollte ich sie nie wieder verlassen; wollte für immer in Sumōkīs Armen bleiben, denn dort kam mir alles andere nicht ganz so dramatisch und beängstigend vor.

»Ich-ich will einfach nur wissen, ob ich die richtige Entscheidung getroffen habe...ob ich eine Zukunft habe, in der es sich lohnt, zu leben...oder ob es keine Hoffnung für jemanden wie mich gibt...für eine Dealer-Tochter voller Angst vor allem und jedem. Ich will wissen, ob ich das eines Tages alles hinter mir lassen kann.« Sumōkī ließ mich daraufhin los und ihre blauen Augen musterten mich. Sofort fehlte mir ihre Berührung. Was sie sich wohl gerade dachte? Wahrscheinlich würde sie mich nie wieder in den Arm nehmen, denn sicher fand sie es absolut dreist, dass ich in Anbetracht ihres schrecklichen Schicksals meine Probleme in den Vordergrund rückte – aber das wollte ich nicht, und das würde ich nicht. Ich atmete tief durch.

»Die Angst beherrscht mich nicht«, sagte ich mir selbst in meinen Gedanken. »Ich schaffe das. Meine Eltern können mich nicht kaputt machen.« Ich atmete wieder tief ein und wollte Sumōkī gerade erneut dazu auffordern, ihren Schieberegler zu betätigen, bevor die Kraft mich wieder verließ – doch auf einmal packte sie ihre Uhr in ihre Jacke und nahm mich anschließend am Handgelenk der Hand, in welcher ich meine eigene Uhr hielt.

»Du hast das Richtige getan, Nemo, du brauchst nichts zu bereuen und das werde ich dir beweisen.« Verwundert musterte ich ihren starren Blick. Wovon sprach sie denn da gerade? Dann zeigte sie auf den Schieberegler meiner Uhr. »Wir reisen in die Zukunft. Jetzt.« Ich wurde starr wie ein Fels – damit hatte ich nicht gerechnet.

»N-nein, Sumōkī, deine Eltern...wir müssen in der Vergangenheit bleiben.«

»Tikato hat gesagt, sie wird uns die Uhren nicht wegnehmen. Solange wir in die Vergangenheit reisen können, sind meine Schwester und mein Vater noch am Leben...aber aktuell habe ich sowieso keine Idee, was ich noch tun kann, um sie zu retten...also lass uns zunächst die Zukunft anschauen.« Ein weiteres Mal deutete sie auf den Schieberegler meiner blauen Zeituhr. Zwar war ich schon mehrmals unbewusst durch die Zeit gereist, aber es jetzt selbst, bewusst und absichtlich auszulösen, sorgte in meinem Inneren für Unbehagen. Aus Angst vor dem Gefühl oder vor dem, was mich erwarten würde. Sumōkī legte ihre rechte Hand auf meine zitternde linke und ihre eigene linke darunter. Mein Körper entspannte sich augenblicklich ein klein wenig. Ich fühlte mich geborgen, obwohl ich noch immer schreckliche Angst hatte. Sie schaute mich ermutigend an und ein kleines Lächeln zierte ihre Lippen. Tief durchatmend legte ich also meinen Zeigefinger auf dem Schieberegler an und schob ihn nach vorne. Sofort erschien ein helles, blaues Licht, welches uns beide vollkommen verschlang. Es war warm und kalt zugleich und ich fühlte mich, als würde ich in alle Richtungen geschleudert werden. Ein ungemeiner Druck presste gegen meine Ohren; ich nahm am Rande meines Bewusstseins noch wahr, dass meine Hand sich von Sumōkīs gelöst hatte, und dann wurde alles dunkel. Auf einmal spürte ich ein sanftes, warmes Gefühl auf meinen Lippen, welches unmittelbar durch meinen ganzen Körper schoss. Dann riss ich meine Augen auf.

Eine dünne junge Frau mit schwarzen Haaren und grünen Augen löste ihre Lippen gerade von meinen und stellte sich dann grinsend vor mich.

»Ach Mann, ich hab keine Lust auf die Arbeit«, sprach sie, kam erneut auf mich zu und umklammerte meine Hüfte. »Ich würde dich viel lieber den ganzen Tag beim Zeichnen beobachten...hey, geht's dir gut, Schatz?« Sie löste sich ein weiteres Mal von mir, ließ dabei aber eine Hand auf meiner Hüfte, und schaute mich besorgt an. Vollkommen verwundert blickte ich meinen Körper hinab; er war um einiges größer als noch kurz zuvor. Meine Beine waren lang und dünn, meine Hüfte und meine Brust waren runder und beim Griff an meinen Kopf spürte ich, dass meine Haare zu einem Pferdeschwanz zusammengebunden waren. »Nemo?«, fragte die mir fremde Frau besorgt und abermals blickte ich in ihre grünen Augen.

»J-ja«, antwortete ich und hätte mich fast vor meiner eigenen erwachsenen Stimme erschrocken. Es war ein völlig befremdliches Gefühl, jemand zu sein, den ich nicht kannte, der ich noch nie gewesen war, der aber trotzdem eindeutig ich war. Aber ich wusste nichts über das Leben dieses Ichs und ich wusste nicht, wie diese Version von mir sich jetzt normalerweise verhalten würde. »Ich war nur gerade in Gedanken vertieft.«

»Jedes Mal dasselbe mit dir.« Die Frau grinste, kam mir wieder näher und gab mir einen weiteren zärtlichen Kuss, woraufhin ich spürte, wie meine Backen feuerrot anliefen. »Du musst lernen, deine Arbeit aus dem Kopf zu bekommen, wenn du dir Urlaub nimmst.« Sie ging daraufhin zu der Tür dieses mir fremden, großen Raumes und öffnete sie. »Bis heute Abend, Schatz.« Ich winkte ihr zu, gepaart mit einem gespielten zögerlichen Lächeln, woraufhin sie die Tür schloss und mich allein mit meiner Unwissenheit zurückließ.

Verdutzt blickte ich mich um. Wo war ich? Hatte ich schon eine eigene Wohnung oder gehörte sie etwa dieser schönen Frau? Das Zimmer, in welchem ich stand, war riesig. Die Couch war weiß und es hätte eine ganze Fußballmannschaft auf ihr Platz finden können; der Fernseher nahm eine ganze Wand ein und die offene Küche war mit einer glänzenden Granitplatte und hochwertigen Utensilien ausgestattet.

Als ich dann Bilder sah, die mich mit der schwarzhaarigen jungen Frau abbildeten, fühlte ich mich so merkwürdig – als hätte ich ein gesamtes Leben völlig vergessen. Und irgendwie hatte ich das ja auch. Mit langsamen Schritten ging ich zur Tür hinaus und betrat dann ein anderes Zimmer, in welchem das größte Bett stand, das ich je gesehen hatte. Es war schwarz, was in dieser weißen Wohnung einen schönen Gegensatz bildete, der mir sehr gefiel. Daraufhin betrat ich das letzte verbleibende Zimmer, welches abgesehen von dem modernen Badezimmer noch übrig war, und der Anblick, der sich daraufhin vor mir auftat, war einfach atemberaubend.

Das gesamte Zimmer war vollgepackt mit bunten Bildern, Plakaten, Büchern und einem Schreibtisch. War dies etwa mein Arbeitszimmer? Und hatte ich diese Kunstwerke etwa erschaffen? Auch wenn ich es hasste, mich selbst zu loben, kam ich in diesem Moment aus dem Staunen nicht mehr heraus. Es war der absolute Wahnsinn. Niemals hätte ich es für möglich gehalten, dass ich das Zeichnen so weiterentwickeln würde oder dass ich mal in der Lage wäre, solche Dinge hervorzubringen.

Auf einmal kam mir ein Gedanke, den ich beim ganzen Zurechtfinden und Staunen ganz vergessen hatte. Ich packte mir an meine beiden Hosentaschen; auf der linken Seite spürte ich etwas Rundes und auf der anderen Seite etwas Eckiges. Aus der linken Hosentasche holte ich schließlich meine Zeituhr hervor und begutachtete sie. Der Schieberegler auf der Seite war ganz oben und es gab keinen

Platz unten mehr, an den ich ihn zurückschieben konnte. Nun konnte ich ihn scheinbar nicht mehr betätigen, da wir in der Zukunft angekommen waren.

Auf einmal spürte ich eine Vibration in meiner rechten Hosentasche, woraufhin ein Song ertönte, der sich anhörte wie ein Anime-Opening, mir aber nicht bekannt vorkam. Ich holte den eckigen Gegenstand aus meiner Hosentasche und erblickte ein sehr dünnes und leichtes Smartphone. Auf dem Display stand *Großmutter* geschrieben. Im ersten Moment war ich sehr verwirrt, aber plötzlich durchzog mich eine ungemeine Freude, da dies bedeutete, dass meine Großmutter auch sieben Jahre in der Zukunft noch am Leben war. Ich betätigte den grünen Hörer, wollte das Handy gerade an mein Ohr führen...und dann erschrak ich völlig. Ein Hologramm meiner Großmutter erschien vor mir und ich zuckte zusammen. Was in aller Welt ging hier vor?

»Guten Morgen, Nemo, nochmals vielen Dank für das neue Auto, das du mir geschenkt hast. Ich habe es gestern zum ersten Mal gefahren und es hat sehr gut Gummi gegeben, muss ich sagen.« Das Hologramm meiner Oma kicherte, doch mir war nicht nach Lachen zumute. Ich war mir nicht sicher, ob ich gerade träumte oder ob das alles wirklich real war. Ich fragte mich, ob man sich jemals an das Zeitreisen gewöhnen konnte. Vielleicht war es einfach zu viel auf einmal zu verarbeiten. Langsam glaubte ich, Tikato ein bisschen besser verstehen und sogar mit ihr sympathisieren zu können. Ich konnte mir gar nicht vorstellen, wie es war, wenn unendlich viele dieser Momente auf einmal auf einen einprasselten. Ich schüttelte den Kopf und wandte meine Aufmerksamkeit meiner Großmutter zu. Einfach so tun und handeln, als wäre alles normal. Das würde ich doch wohl hinkriegen – schließlich war ich eine Expertin darin, meine Verwirrung und Ängste vor anderen Menschen zu verstecken. Einzig und allein vor Sumōkī gelang mir das nicht.

»Ähm...gern geschehen«, antwortete ich grinsend und glaubte, es relativ gut hinzubekommen, mir meine Verunsicherung nicht anmerken zu lassen.

»Die liebe Kasumi hat mir gesagt, dass du dir endlich mal Urlaub genommen hast...ich bin sehr stolz auf dich, dass du das gemacht hast. Ich weiß, es ist ein ganzes Stück bis nach Nagano, aber möchtest du vielleicht heute Abend zu Besuch kommen? Du bekommst natürlich frisch von mir gekocht und du kannst auch gerne über Nacht bleiben.« Ein ganzes Stück bis nach Nagano? Wo war ich denn gerade?

»Also...ja...ja, ich komme gerne«, sagte ich instinktiv aus meinem Herzen heraus. Auch in dieser Zeit wollte ich meiner Großmutter eine Freude machen, also kam es für mich nicht infrage, diese Einladung abzulehnen. Außerdem verspürte ich gerade auch einfach wirklich das Bedürfnis, sie in echt vor mir zu sehen.

»Freut mich, sag mir einfach Bescheid, wenn du losfährst. Wir sehen uns dann später. Ich freu mich.«

»Ich freu mich auch«, antwortete ich ehrlich und warf noch einen letzten erstaunten Blick auf das flackernde Hologramm, bevor es sich wieder in Luft auflöste und ein Tuten an meinem Ohr ertönte.

Verdutzt verließ ich den künstlerisch ausgestatteten Raum und ging zurück in das Wohnzimmer, in dem ich angekommen war. Dann erschrak ich mich erneut – wie konnte ich das bisher nicht gesehen haben?

Die gesamte äußere Wand bestand aus Fenstern und ich konnte unzählige hohe, beeindruckende Gebäude erkennen. War ich etwa in Tokio? Wohnte ich hier? Und wenn ja, wieso?

Ich ließ mich mit wackligen Beinen auf die riesige Couch sinken und blickte auf mein Handy. Erneut dachte ich kurz, dass ich träumte, als ich mein erwachsenes Gesicht dort gespiegelt sah. Die Umstellung auf einen 20-jährigen Körper war viel schwieriger zu verkraften als die auf einen 6-jährigen, wobei beides sich so anfühlte, als wäre man nicht ganz man selbst. Wenigstens war ich schon mal 6 Jahre alt gewesen, auch wenn es eine Ewigkeit her war. 20 war ich noch nie gewesen, hatte es mir immer bloß vorstellen können...und in Wirklichkeit fühlte es sich ganz anders an. Genauer beschreiben als das konnte ich es aber auch nicht.

Das Handy entsperrte sich, als ich meinen Fingerabdruck auf das Display hielt, und sofort sprangen mir unzählige Benachrichtigungen ins Auge. Ich öffnete etwas, wovon ich glaubte, es sei ein soziales Medium, und fand sehr schnell mein eigenes Profil. Sah ich da gerade richtig? Ich hatte mehr als zwei Millionen Follower! Konnte das überhaupt stimmen? In meinem Feed befanden sich unzählige Bilder im selben Stil, wie ich sie auch in meinem Arbeitszimmer gesehen hatte. Nach ein paar Minuten des Scrollens und der Verwunderung schloss ich die App und googelte meinen eigenen Namen. Es existierte scheinbar sogar ein Wikipedia-Artikel über mich, auf welchen ich ohne zu zögern und voller Neugier draufklickte:

»Nemo Nakamura (geb. am 01.09.2020 in Nagano) ist eine japanische Künstlerin und Kunst-Influencerin. Berühmtheit erlangte

sie nach dem Verbot der kommerziellen Nutzung von durch künstliche Intelligenz hergestellten Bildern und Grafiken. Durch ihren einzigartigen Illustrationsstil und ihrem bis heute unerreichtem Arbeitstempo in solch einer Qualität wurde sie zu einer der gefragtesten Illustratorinnen in Japan und ist inzwischen auch international bekannt.«

Ich konnte es nicht fassen. Meine Kunst war gefragt. Andere Menschen interessierten sich dafür, was ich zeichnete. War ich wirklich im Laufe der Jahre so gut geworden? Niemals in meinem Leben hätte ich damit gerechnet – im Gegenteil, ich hatte es selbst immer als Zeitverschwendung abgetan. Meine Mutter hatte mir das immer gesagt und irgendwann hatte ich es ihr geglaubt. Aber zum Glück hatte ich trotzdem nicht aufgehört zu zeichnen – auch wenn ich immer das Gefühl gehabt hatte, ich sollte meine Zeit besser nutzen. Wäre ich vielleicht nicht in dieser Situation, wenn ich meine Eltern in der Vergangenheit nicht verraten hätte? Dann hätte ich sicherlich mit dem Zeichnen aufgehört, aus Angst davor, was sie tun würden, wenn sie mich dabei erwischten. Offenbar hatte Sumōkī wirklich recht gehabt, als sie mir gesagt hatte, dass ich nichts bereuen musste. Bei dem Gedanken an sie durchzog mich nun auf einmal eine schmerzende Hitze.

»Sumōkī!«, rief ich und stand von der Couch auf. Wie um alles in der Welt konnte ich mich nicht gleich auf die Suche nach ihr gemacht haben? Wie hatte ich mich so in diesem Leben und dieser Wohnung verlieren können, dass ich nicht direkt an das Offensichtlichste vom Offensichtlichen gedacht hatte? Ich war schließlich bis kurz bevor ich hier angekommen war noch bei ihr gewesen. Ich öffnete meine

Kontaktliste und sprang zum Buchstaben »S«. Mehrmals scrollte ich hoch und runter, doch konnte ich ihren Namen nirgendwo finden. Wieso war sie nicht in meinem Handy eingespeichert? Wieso hatte ich Sumōkīs Telefonnummer nicht? Das machte doch überhaupt keinen Sinn. Das machte noch weniger Sinn als alles andere Verrückte, das ich hier erlebte.

»Boah, schmecken die lecker«, ertönte plötzlich eine Stimme und ich zuckte vor Schreck zusammen. Neben mir auf der Couch war eine mir bekannte dürre Frau mit glühend roten Augen und blauen Haaren erschienen. Mit ihren durch die Verbände blutenden Händen stopfte sie sich kleine runde Teigwaren in den Mund. »Das sind meine absoluten Lieblingskekse...willst du einen probieren?« Zögerlich griff ich in die gelbe Tüte, die sie mir entgegenstreckte, und steckte mir daraufhin eins dieser Teile in den Mund. Es war weich und als ich draufbiss, schmeckte ich eine cremige Schokoladenfüllung, die sich in meinem gesamten Mund ausbreitete. Noch nie hatte ich sowas Köstliches gegessen und für einen kurzen Moment beruhigten mich der Geschmack und das samtige Mundgefühl ein wenig. Trotzdem irritierte mich Tikatos Anwesenheit. Ich hatte den Eindruck gehabt, sie würde uns von jetzt an in Ruhe lassen, seit wir den Deal mit ihr geschlossen hatten. Doch vielleicht konnte sie mir auch helfen, Sumōkī ausfindig zu machen.

»Was...was machst du hier?«, fragte ich und rutschte ein Stück die Couch entlang von der Zeitgöttin weg, da mir ihre Nähe ein großes Unbehagen bereitete. Es war fast so, als könnte ich ein Ticken aus ihren unter der rissigen Haut pulsierenden Adern raushören, das ich als extrem beunruhigend empfand.

»O...Verzeihung...wie unhöflich von mir. Mein Name ist Tikato und ich bin die Göttin der Zeit. Normalerweise zeige ich mich Menschen nicht, jedoch habe ich meine Uhren verloren und eine davon spüre ich in deiner Nähe. Hast du zufällig eine kleine blaue Taschenuhr gefunden?« Vollkommen perplex blickte ich sie an. Meinte sie das etwa ernst? Konnte sie sich wirklich nicht an mich erinnern? Verdutzt kramte ich die Uhr aus meiner Hosentasche.

»Genau das ist sie!«, sprach Tikato mit vollem Mund und deutete mit ihrem knochigen Finger auf die Zeituhr. »Wo hast du sie gefunden? Ich kann mich gar nicht erinnern, hier gewesen zu sein...aber das muss nichts heißen, ich kann mich selten an Dinge erinnern, musst du wissen.« Stand unser Deal eigentlich noch, wenn sie in diesem Moment nichts mehr davon wusste? War das überhaupt wichtig? Die Uhren hatten wir ja noch. Den Deal konnten wir bestimmt erneut mit ihr schließen...oder ich konnte ihr davon erzählen.

»Ich...ich habe sie in der Vergangenheit gefunden...und du-« Doch dann stoppte ich. War es wirklich eine clevere Idee, sie daran zu erinnern? Vielleicht sollte ich sie lieber noch im Dunkeln lassen, da sie beim letzten Mal ziemlich unhöflich gegenüber uns gewesen war. »Du bist...was genau?«

»Na, eine Göttin...habe ich doch schon gesagt...also...kannst du mir bitte meine Uhr wieder zurückgeben? Ich habe noch etwas zu erledigen.« Ich dachte nach. Was sollte ich jetzt tun? Ich musste irgendwie zu Sumōkī gelangen. Das war nun das Allerwichtigste.

»Ähm...meine Freundin hat ebenfalls so eine Uhr...wenn du mir hilfst, sie zu finden, dann gebe ich dir deine Uhr gerne zurück.«

»Du bist mutig...Forderungen gegenüber einer Göttin zu stellen, Respekt.«

»Ich bin nicht mutig, ich bin alles andere als das«, entgegnete ich automatisch, jedoch fühlte ich mich ein wenig gefasster als sonst. Vielleicht lag es an diesem Leben, das ich mir scheinbar in Tokio aufgebaut hatte. Vielleicht schenkte mir das mehr Selbstbewusstsein. Oder vielleicht war es auch einfach nur, weil ich die Zeitgöttin inzwischen ein wenig kannte und eher wusste, wie man am besten mit ihr umging. »Aber ich möchte meine Freundin unbedingt in dieser Zukunft finden. Es ist mir sehr wichtig und wenn du deine Uhr wiederhaben willst, dann musst du mir eben helfen.« Ich war selbst überrascht, welchen Ton ich gegenüber Tikato an den Tag legte, doch irgendwie fühlte es sich auch gut an. Was hatte ich zu verlieren? Sumōkī hatte sich in der Vergangenheit auch selbstbewusst gegenüber Tikato verhalten und hatte damit das erreicht, was sie wollte. Es würde mir sicherlich nicht schaden, mir ein Beispiel an ihr zu nehmen.

»Na schön...ich spüre die Präsenz meiner Vergangenheitsuhr in nordöstlicher Richtung. Hast du denn eine Ahnung, wo wir sie ungefähr finden können, bevor ich noch den ganzen Planeten absuchen muss?«

»Ich glaube, sie ist vielleicht in Nagano...da wollte ich ohnehin gerade hinfahren, aber...«, mir war ein Gedanke gekommen; etwas, womit ich mich bisher noch gar nicht befasst hatte, obwohl es so wichtig war. »Wie komme ich eigentlich dorthin?« Tikato steckte sich ein weiteres dieser cremegefüllten Plätzchen in den Mund und blickte sich dann in der Wohnung um.

»Also, wenn ich mir deine Bude hier so anschaue...sollte

ein Fahrdienst dir keinen Zacken aus der Krone brechen.«
Dann brachte sie sich auf einmal in eine kniende Position
auf der Couch, die Kekspackung dabei neben sich auf das
weiche Textil fallen lassend, und klatschte aufgeregt in ihre
beiden verwundeten Hände. »Wie cool, wir machen einen
Ausflug!«

-Besucher-

Niemals hätte ich es für möglich gehalten, dass ich einmal reich sein würde. Das passte gar nicht zu mir. Als ich also in einem riesigen schwarzen Auto von einem freundlichen Mann quer durch Japan kutschiert wurde, der mich behandelte, als wäre ich etwas Besonderes, war ich mit meinem Reichtum völlig überfordert. Obwohl ich sicher viel Geld dafür bezahlen würde und dies der Job dieses Mannes war, hatte ich ein schlechtes Gewissen, mich einfach so durch die Gegend fahren zu lassen. Schon immer war es mir unangenehm gewesen, wenn andere Leute etwas für mich tun mussten, egal ob diese damit ihr Geld verdienten oder nicht. Eigentlich war das bescheuert, denn wenn er mich nicht fahren würde, würde er einfach jemand anderes fahren, und ich war mir wiegesagt sicher, dass ich ihn gut bezahlte. Trotzdem wurde ich das Gefühl nicht ganz los, dass etwas daran falsch war und ich kein Recht dazu hatte, andere Leute so auszunutzen.

»Heißes Teil«, sprach Tikato, die mir gegenüber in der eleganten Limousine saß, in der ich seitlich auf einer länglichen Bank Platz genommen hatte. Sie strich einmal über den Sitz und ein faszinierter Blick zierte ihre roten Augen.

»E-Entschuldigung...«, sprach ich in Richtung des Fahrers, »...könnten Sie vielleicht das Trennfenster hochfahren? Ich müsste einmal telefonieren.« Auch bei dieser Bitte hatte ich ein schlechtes Gewissen, obwohl ich mich an seiner Stelle wahrscheinlich sogar wohler fühlen würde, wenn ich nicht das Gefühl hätte, ich würde die ganze Zeit beobachtet werden.

»Selbstverständlich«, antworte der ältere Herr freundlich; dann betätigte er einen Knopf und ein schwarzes, undurchsichtiges Fenster fuhr langsam hoch, um den Bereich des Fahrers von meinem zu trennen.

»Okay«, sagte ich leise und blickte auf die blauhaarige Zeitgöttin, die sich inzwischen mit dem Rücken auf die flauschige Bank gelegt sowie die Arme nach hinten ausgestreckt hatte und nun anfing, mit ihren Beinen fahrradfahrähnliche Bewegungen zu machen. »Wir können jetzt ungestört reden.«

»Cool«, sagte Tikato freundlich und richtete sich wieder auf, sodass wir uns in die Augen schauen konnten. Sie schien sich noch immer nicht an mich zu erinnern. Ich konnte mir das Gefühl kaum vorstellen, so viele Dinge zu vergessen; das musste doch schrecklich sein. Ich hatte schon immer das Gefühl gehabt, dass man sich größtenteils über seine Erinnerungen definierte. Wenn diese so durcheinander waren, konnte man dann überhaupt noch wissen, wer man war? »Worüber möchtest du denn reden, liebe Nemo?« Das war eine gute Frage. Ich saß einer Göttin gegenüber. Es gab nun unzählige neue Erkenntnisse, die ich hoffentlich erlangen konnte, immer angenommen, sie würde mir verständliche Antworten liefern...doch wo sollte ich überhaupt anfangen?

»Also...du bist ja eine Göttin, oder?«

»Jap, ich bin die Göttin der Zeit.«

»Und gibt es auch noch andere Götter?« Tikato kratzte sich an ihrem Kopf und blickte verlegen zur Seite.

»Also, bestimmt...ich glaube, ich habe da mal irgendetwas mitbekommen, aber viele dieser Götter waren einfach nur Legenden...vieles habe ich bestimmt auch bloß vergessen...um ehrlich zu sein, weiß ich es nicht, aber ich bin sicher nicht die einzige.« Da wurde mir zum ersten Mal bewusst, wie einsam sie sein musste, und ein unglaublich schweres Gefühl der Traurigkeit breitete sich bei dem Gedanken in meinem Körper aus.

»Kannst du dich daran erinnern, wie du...naja...entstanden bist? Oder warst du schon immer einfach da?« Während ich sprach, kam ich mir vollkommen blöd vor – immerhin sprengten diese Fragen jegliche Logik. Außerdem wusste ich nicht, ob ich ihr damit zu nahe trat oder es ihr möglicherweise unangenehm war, über solche Dinge zu sprechen. Trotzdem gewann in diesem Fall die Neugier gegen die Unsicherheit.

»Also...ich...ähm...«, sie drückte fest gegen ihre Schläfe und kniff die Augen kurz zu. Ihre Erinnerungslücken schienen sie in diesem Moment mehr zu quälen als sonst. Das rote Licht, das durch die verästelten Risse in ihrer Haut wie durch ein pulsierendes Adernetzwerk schien, kam mir so vor, als würde es gerade noch aggressiver leuchten; als würde es sogar fast brennen. »Ich...war...nicht immer da, glaube ich...meine Existenz hatte einen Anfang...und ich wollte unbedingt ein Zahnrad der Zeit verändern...ich meine, mich zu erinnern, dass mir dieses Ziel mal sehr wichtig war...doch weiß ich nicht mehr, was genau es war.«

»Versuchst du immer noch, es zu verändern?«, fragte ich zögerlich. Obwohl mir Tikato bisher immer sehr unsympathisch gewesen war, fühlte ich mich nun auf irgendeine Art und Weise mit ihr verbunden; ob es an meiner Uhr oder an der Empathie zu ihr in diesem Moment lag, wusste ich nicht.

»Ich versuche eigentlich immer, mich daran zu erinnern...doch habe ich keine große Hoffnung...ich bin die Ewigkeit...und in dieser habe ich mich verloren. So ist es mir seit damals nie mehr gelungen, es herauszufinden...das ist einfach...«, sie wurde sehr still und blickte auf den Boden, dann schüttelte sie sich kurz und grinste mich von der einen auf die andere Sekunde wieder an. »Davon lass ich mir jetzt nicht die Laune versauen. Können wir das Thema abhaken oder hast du noch eine Frage, die dir wichtig ist?« Ich überlegte. Normalerweise war ich alles andere als ein Mensch, der jemand anderen zu etwas drängen wollte, doch es gab tatsächlich noch eine Frage, die in mir brannte. Und Tikato schien heute zuvorkommender drauf zu sein, als ich sie bisher erlebt hatte. Diese Chance würde ich womöglich nie wieder bekommen.

»Weißt du...weißt du, ob es ein Leben nach dem Tod gibt? Oder irgendetwas nach meinem menschlichen Leben? Oder bin ich wirklich nur ein Haufen Materie, der einfach irgendwann nicht mehr existiert?« Ich hatte Angst, doch zitterte ich nicht so, wie ich es gewohnt war. Ich fragte mich, ob ich überhaupt schon einmal so schlimm in diesem erwachsenen Körper gezittert hatte, wie ich es aus der Kindheit gewohnt war – eine Kindheit, die eigentlich noch gar nicht hinter mir lag, ich mich aber aktuell so verhalten musste, als würde sie es. Als hätte ich all die Jahre dazwischen miterlebt. Die Erkenntnis, meine Angst im Laufe der Zeit offenbar ein wenig abgebaut zu haben, beflügelte mich so sehr, dass es sogar die Antwort auf meine existentielle Frage für einen kurzen Moment irrelevant machte. Aber nur für einen kurzen Moment, denn schon begann Tikato sie zu beantworten und meine volle Aufmerksamkeit verlagerte sich daraufhin augenblicklich wieder auf sie.

»Die Zeit ist ewig...ich bin ewig...ich bin immer...die Menschen sind es jedoch nicht.« Mir wurde heiß am ganzen Körper. Das war absolut frustrierend und nicht die Antwort, die ich mir erhofft hatte. Schon oft hatte ich Angstzustände und Panikattacken bei dem Gedanken an meinen Tod gehabt; mir stundenlang den Kopf darüber zerbrochen, ob es in irgendeiner Art und Weise weitergehen könnte...doch jedes Mal hatte meine Skepsis jegliche Hoffnung zerstört. Aber ich hatte trotzdem tief im Inneren gebetet, dass mein Kopf durch irgendein Wunder doch falsch lag. Scheinbar war dem nicht so. »Eine Sache kann ich dir aber sagen...vielleicht hilft es dir ja...irgendwie...« Ich nickte ihr zu. »Jegliche Energie in diesem Universum ist mit mir verbunden, und Energie geht nicht verloren...alles, was dich ausmacht...jeglicher Zustand von dir, dem du dir bewusst sein kannst, ist mit mir verbunden...so gesehen bist du immer da...auch wenn es viele Zahnräder gibt, auf denen es keine Nemo in körperlicher Form gibt, die ein Bewusstsein besitzt. Aber glaub mir, du brauchst keine Angst zu haben, denn wenn du einmal nicht mehr bist, zumindest nicht bewusst, wird dir alles egal sein. Dieses Gefühl...wünsche ich mir sehr oft.«

»Das glaube ich dir«, sagte ich matt und dachte dabei an den Moment, in welchem sie Sumōkī und mir offenbart hatte, dass sie gerne sterben würde – soweit man das als sterben bezeichnen konnte. Dieser Moment fühlte sich an wie vor einer Ewigkeit, auch wenn im normalen menschlichen Zeitempfinden theoretisch nur wenige Stunden zwischen ihm und dem Hier und Jetzt lagen. Doch alles, was geschehen war, sorgte dafür, dass dieses Zeitempfinden gar keine wirkliche Bedeutung mehr für mich hatte.

Die restliche Fahrt über war die Stimmung ein wenig betrübt; selbst die sonst eigentlich eher aufgedrehte Tikato benötigte offenbar ein wenig Ruhe. Den Großteil der Zeit blickte sie mich intensiv an – meistens dachte ich, sie würde sich jeden Moment an mich erinnern, doch schien es nicht zu passieren. Wäre sie dann wütend, dass ich so getan hatte, als würde ich sie nicht kennen? Tausend Fragen schwirrten in meinem Kopf herum. Es war zwar still, aber meine Gedanken waren laut und ließen mir keine Entspannung. Nach einer Fahrt von drei Stunden kamen wir dann endlich in meiner alten Siedlung an. Ich hatte den Fahrer gebeten, mich in der Nähe des kleinen Waldgebietes rauszulassen. Beim Aussteigen erklärte er mir dann geduldig, wie ich ihm mit meinem Handy sein Geld bezahlen konnte – auch wenn ich es eigentlich hätte wissen müssen. Der ganze Prozess verwirrte mich vollkommen, doch als die Bezahlung endlich erledigt war, ließ er mich und Tikato allein zurück.

Tief durchatmend ging ich durch den Wald. Die Luft war frisch und belebend, doch die Stille war auf einmal überwältigend nach den Großstadtgeräuschen von Tokio und dem Dröhnen des Motors in den vergangenen Stunden. Es war fast unheimlich. Nichts hier hatte sich verändert...alles sah völlig gleich aus. Und doch war das Gefühl ein anderes. Die frische Winterluft durchströmte meinen Körper, während sich die Temperatur in meinem Kopf mit zunehmender Nervosität immer weiter erhöhte. Als ich an dem Treffpunkt ankam, blickte ich für einen langen Moment auf den Baumstamm, auf welchem wir immer saßen,...oder besser gesagt, gesessen hatten. Möglicherweise wartete ich auch so lange damit, mich weiter fortzubewegen, da mich die Unsicherheit vor dem, was mich beim Wiedersehen mit Sumōkī erwarten würde, von innen auffraß. Ich hatte Angst, den Grund herauszufinden, weshalb wir in dieser Zukunft keinen Kontakt gehalten hatten. Aber vielleicht war es ja auch etwas ganz Banales. Vielleicht hatten wir uns einfach auseinandergelebt, weil ich mich zu sehr auf meine Karriere konzentriert hatte, obwohl ich mir eigentlich nicht vorstellen konnte, mich jemals von Sumōkī zu distanzieren, wenn es in meiner Kontrolle lag. Ich atmete tief durch die Nase ein und versuchte daraufhin, die negativen Gedanken zusammen mit der Ausatmung herauszupusten. Dann drehte ich mich nach rechts und ging drei Schritte in Richtung Sumōkīs zuhause. Dabei fiel mir auf, dass ich tatsächlich noch nie dort gewesen war. Ich ging jetzt den Weg, den ich sie immer hatte heimgehen sehen. Fast glaubte ich, das kleine, blauhaarige Mädchen vor mir zu sehen, winkend, mir den Weg weisend. Aber sie war es natürlich nicht wirklich, denn dieses kleine Mädchen existierte nicht mehr in der Form. Nicht hier. Nicht jetzt. Es war nur meine Vorstellung gewesen, die diese Version von ihr kurzzeitig wie ein Geist vor mir hatte erscheinen lassen.

»Hey...wo willst du denn hin, Nemo?«, fragte Tikato irritiert und zeigte mit ihren blutigen Händen in die entgegengesetzte Richtung.

»Was meinst du?«

»Na, die Vergangenheits-Uhr ist in der anderen Richtung.« Nun verstand ich gar nichts mehr. In der Richtung befand sich mein altes Haus, aber wieso sollte die Uhr dort sein? Hatte Sumōkī sie vielleicht dort abgelegt? Aber wieso sollte sie das tun? Es machte keinen Sinn. Vielleicht war sie auch einfach nur gerade in die Richtung gegangen? Die Vorstellung, sie könnte sich ganz in der Nähe befinden, ließ mein Herz kurz schneller schlagen. Nachdem mich Tikato ungeduldig mit ihrem Händewinken auffordernd darauf hinwies, ihr zu folgen, ging ich ihr mit zögerlichen Schritten hinterher.

Es war ein seltsames Gefühl, hier entlangzugehen. Obwohl es ja theoretisch bloß wenige Stunden her war, dass ich das letzte Mal diesen Weg gegangen war, fühlte es sich trotzdem so an, als wäre eine Ewigkeit vergangen. Die räumliche Entfernung, die ich erst hatte überqueren müssen, da ich in dieser Zukunft in Tokio gelandet war, machte das Gefühl nicht besser.

Die Nostalgie drohte fast, mich zu erschlagen. Fühlte sich Erwachsensein so an? Warum hatte ich es mir dann so oft gewünscht? Für einen kurzen Moment glaubte ich fast verstehen zu können, wieso meine Eltern ihrer Realität immer hatten entfliehen wollen. Gerade wollte ich auch nicht erwachsen sein, ganz egal, wie viel Geld, Anerkennung oder schöne Frauen ich hier hatte. Ich wollte nichts weiter als zurück in meine Kindheit zu reisen, zurück in die Zeit bevor wir diese Uhren gefunden hatten. Auch wenn nicht alles perfekt gewesen war, war es unkomplizierter gewesen...zumindest für mich. Es gab mir ein ungutes Gefühl, dass wir hier nicht mehr befreundet waren. Lieber hätte ich es nicht gewusst. Aber ich konnte das alles nicht mehr zurückdrehen. Die Zeit theoretisch schon, wenn Sumōkī es so wollte...aber auch nicht zurück zu dem Moment, den ich mir wünschte. Und die Erinnerungen an das hier konnten auch niemals ungeschehen gemacht werden. Dieses merkwürdige Gefühl wohnte nun tief in meinem Inneren. Nach wie vor versuchte ich daran zu glauben, dass es eine ganz simple Erklärung für unser Auseinanderleben gab. Nichtsdestotrotz vermisste ich die Unkompliziertheit des Lebens, bevor wir diese Uhren gefunden hatten.

Als ich schließlich an meinem alten Haus ankam, stellte ich eine gewaltige Veränderung fest. Es sah renoviert aus. Hatte ich dies etwa von meinem Geld bezahlt? Für einen kurzen Moment war ich wieder sehr stolz auf mein Zukunfts-Ich, da es gegenüber meiner Großmutter seine große Dankbarkeit ausgedrückt hatte, so wie ich es immer hatte tun wollen. Ein kleines Lächeln schlich sich in mein Gesicht, als Tikato sich mit neugierigem Blick neben mich stellte.

»Ich spüre meine Uhr in diesem Haus...und du sagst, hier wohnt deine Großmutter?«

»Ja...«, flüsterte ich, »...vielleicht ist...also...ach, ich gehe am besten einfach nachschauen.« Ich stieg die paar kleinen Stufen hinauf zur Tür und betätigte dann die Klingel. Der mir bekannte Volksgesang ertönte und ich wartete...ich wartete lange, doch niemand öffnete die Tür. Dann klingelte ich ein weiteres Mal und spürte dabei, wie mein Körper noch wärmer wurde. Was um alles in der Welt ging hier vor? Die Uhr war angeblich in diesem Haus, meine

Großmutter wusste, dass ich kam, aber niemand ging an die Tür? Was war hier los? Und war dieses sich anschleichende Gefühl des Grauens eine Art Vorahnung, auf die ich mich verlassen konnte, oder doch nur mal wieder meine Angst, die mich schon so oft getäuscht hatte?

Ich beschloss zu klopfen...und auf einmal blieb ich wie starr stehen. Die Tür war scheinbar nicht abgeschlossen gewesen und durch den Druck, den ich auf sie ausgeübt hatte, stand sie nun vollkommen offen. Langsam streckte ich einen Fuß durch die Haustür, dann den anderen. Als ich dann im Eingangsbereich stand, traf mich ein Geruch, den ich nur allzu gut kannte. Meine Großmutter hatte offenbar wieder Ramen für mich gekocht – auch noch nach so vielen Jahren hatte sich, was diese Tradition anging, nichts geändert. Den Geräuschen und Gerüchen folgend ging ich in Richtung der Küche; wahrscheinlich hatte mich meine Großmutter einfach nicht gehört. Erleichterung breitete sich in meinem Körper aus. Ich bog nach links in die Küche ab und sah vor meinen Augen meine geliebte Großmutter, wie sie am Waschbecken stand und einen der Töpfe spülte, genauso wie damals - ein Bild, das ich schon oft gesehen hatte. Doch nicht einmal eine Sekunde verging, bevor die Imagination vor meinen Augen von meinem Verstand abgelöst wurde und sich das wahre Bild meiner Großmutter vor mir formte. Instinktiv wollte ich die Augen zukneifen und mich versuchen, davon zu überzeugen, ich hätte das nicht gerade gesehen. Doch ich konnte nicht wegsehen – und dieses Bild hatte sich bereits in meinen Kopf gebrannt. Ich befürchtete, es nie wieder daraus verbannen zu können, egal was geschah.

Die leblose Gestalt meiner Großmutter lag mit seitlich gedrehtem Kopf und weit aufgerissenen Augen auf dem Boden. Auf ihren Körper prasselten kleine Tröpfchen Blut, die sich mit dem mischten, welches aus ihrem Hals strömte. Ein Schock hatte mich bei dem Anblick durchfahren und nun, da mein Körper sich von dem ersten Alarmzustand erholt hatte, musste ich mich mit großer Mühe davon abhalten, mich zu übergeben, als ich auf ihre Wunden und das Blut starrte. War das von oben herab tropfende Blut etwa auch ihres? Dann wanderte mein Blick auch schon zu seinem Ursprung und beantwortete meine Frage: Über ihr befand sich ein scharfes Küchenmesser, blutgetränkt und sich aufgrund des Zitterns der Trägerin hin- und herbewegend. Für einen kurzen Augenblick fühlte es sich so an, als hätte mir selbst jemand ein Messer in den Körper gesteckt. Ich krümmte mich vor Schmerz und schnappte panisch nach Luft. Als ich mich wieder aufrichtete, wollte ich schreien, doch konnte ich nicht; ich wollte weinen, doch konnte ich nicht; mein Körper war plötzlich wie erstarrt, denn etwas Fürchterliches dämmerte mir in dem Moment. Das Einzige, was ich jetzt noch bewegen konnte, waren meine Augen, doch sie reichten, um meine Vermutung zu bestätigen.

Meine Blicke wanderten über einen ungesund dünnen, zitternden weiblichen Körper. Die Frau trug eine kurze Hose sowie ein fleckiges weißes T-Shirt. Ihre Arme, ihre Beine, ihr Bauch, ihre Brust, ihre Hände...alles an ihrem Körper war vernarbt, mit Ausnahme ihres Gesichtes, in welchem sich frische Schnittwunden befanden, deren Blut rot leuchtete. Ihre fettigen Haare waren genauso blau wie ihre Augen, die jedoch rot unterlaufen waren und mich nun völlig verängstigt anstarrten. Das durfte nicht wahr sein;

das alles hier musste ein Albtraum sein. Ich spürte, wie meine linke Hand beginnen wollte zu zittern, doch ich nahm es nur am Rande meiner Aufmerksamkeit wahr, denn gerade kämpften zu viele Emotionen um sie, als dass ich mich auf meine körperliche Reaktion fokussieren konnte. Wut, Angst, Verwirrung, Verzweiflung und vor allem Trauer...all dies schwirrte gleichzeitig in meinem Kopf herum und sorgte dafür, dass ich gar nicht mehr wusste, wie damit umzugehen war. Nicht einmal Tränen kamen mir in diesem Moment, auch wenn es sich so anfühlte, als befände sich nun ein Loch tief in meiner Seele, wenn ich daran dachte, dass meine liebevolle, unschuldige Großmutter nun nicht mehr lebte...und meine beste Freundin, die mir mehr bedeutete als ich mir selbst, scheinbar dafür verantwortlich war.

»Oje...was ist denn hier passiert?«, fragte Tikato angewidert, die in diesem Moment ebenfalls hinter mir die Küche betreten hatte. Doch bevor ich mich zusammenreißen und auf irgendetwas in dieser Situation reagieren konnte, stürmte Sumōkī mit erhobenem Messer grässlich schreiend auf mich zu. Noch nie hatte ich solch eine akute Todesangst verspürt, die mich zwar lähmte, meinen Händen dennoch gerade so genug Kraft gab, um Sumōkīs Hände zu umklammern, kurz bevor die Spitze des blutigen Messers meine Brust erreichen konnte. Die Wucht ihres mageren Körpers schockierte mich und riss uns beide bis auf den Boden. Dort liegend hielt ich ihre beiden Hände noch immer fest, die das Messer in meine Brust rammen wollten. Ich war voller Angst, doch das Gefühl, überleben zu wollen, war noch stärker. Dieser Trieb war das Einzige, was mich mit Kraft versorgte.

»SUMŌKĪ, HÖR BITTE AUF, WAS TUST DU DENN DA?«, rief ich in meiner Panik, meine Stimme komplett aufgewühlt und fremd klingend.

»HALT DIE FRESSE, DU MUSST STERBEN! ICH DARF NICHT INS GEFÄNGNIS! WIE SOLL ICH DANN DIE REGENBÖGEN SEHEN? ICH MUSS SIE SEHEN! WO HAT DEINE GROẞMUTTER IHR GELD VERSTECKT? SAG ES MIR!«

»ICH WEIß ES NICHT, ICH WEIß ES NICHT!«

»DANN MUSST DU TROTZDEM STERBEN, DU BIST EINE ZEUGIN, ICH DARF NICHT INS GEFÄNGNIS!« Sie heulte und schrie; Blut lief ihr aus der Nase und sie drehte ihren Kopf wütend zur Seite, um es an ihrer Schulter abzuwischen. Noch immer hielt ich ihre Hände fest, doch die Spitze des Messers kam mir immer näher. Es gab keine Möglichkeit, wie ich die Kontrolle bekommen konnte, solange Sumōkī solch eine Kraft auf das Messer verlagerte. Ihr Schreien schmerzte in meinen Ohren; es klang, als würde es ihre Kehle zerreißen und brach mir gleichzeitig das Herz. Doch ich durfte mich davon nicht ablenken lassen. Ich musste uns beide aus dieser Situation befreien. Irgendwas stimmte doch nicht mit ihr. Meine Sumōkī würde so etwas nie tun und so einen Unsinn nie reden.

»TIKATO! TIKATO, DU MUSST MIR HELFEN, BITTE! TU DOCH WAS!« Doch die Zeitgöttin stand bloß wie angewurzelt da und beobachtete das Geschehen ungläubig.

»Ich...ich...«, stotterte sie und wurde plötzlich völlig euphorisch. »ICH ERINNERE MICH! IHR BEIDEN...IHR SEID DOCH DIE KINDER UND...und ihr habt mir was...versprochen...« In diesem Moment begriff ich, dass sie mir nicht helfen würde. Aber ich hatte keine Zeit, weitere

Gedanken darauf zu verschwenden.

»SUMŌKĪ! WAS IST PASSIERT? WIR SIND DURCH DIE ZEIT GEREIST, ERINNERST DU DICH DENN NICHT? WIR MÜSSEN WIEDER ZURÜCK! WENN WIR ZURÜCKKEHREN, WIRD ALLES WIEDER GUT!«

»Hör nicht auf sie!«, rief Tikato, die nun auf einmal über uns schwebte und in Richtung von Sumōkīs Ohr flüsterte. »Töte sie, sie hat dich gesehen, sie will dich ins Gefängnis bringen; alles, was sie dir erzählt, ist eine Lüge! Töte sie! Töte sie und befreie mich von meinem Leid!«

»ICH WEIß NICHT, WAS HIER LOS IST!«, brüllte Sumōkī, heulte und grinste dabei völlig wahnsinnig. Ihre Fingerknöchel waren vollkommen weiß und alte Narben auf ihren Händen sahen so aus, als würden sie jeden Moment wieder aufplatzen; so fest hielt sie das Messer. »ICH WEIß NICHTS MEHR, DIESE PILLEN HABEN MIR MEINE ERINNERUNGEN GENOMMEN! ICH WEIß NICHTS MEHR! ICH BIN EINFACH NUR HIER! UND MEINE MUTTER SAGT, DASS DER REGENBOGEN VERSCHWINDET, WENN ICH DAS GELD NICHT AUFTREIBE! DER REGENBOGEN HAT DEINE GROßMUTTER GETÖTET UND ER TÖTET AUCH DICH UND IRGENDWANN TÖTET ER AUCH MICH! WIR KÖNNEN NICHTS DAGEGEN TUN!«

»Es ist nicht deine Schuld«, flüsterte Tikato. »Lass es einfach geschehen.« Meine Kraft schwand, je länger ich mich in dieser Position befand, und Sumōkīs schien immer weiter zuzunehmen, als bewirkten die Worte der Zeitgöttin tatsächlich etwas in ihr. Ich hatte solche Angst. Ich weinte nun und flehte beide an, mich zu verschonen, doch es war keine Rettung in Sicht. Sumōkī war entschlossen. Trotzdem geschah es langsam...aber immer noch zu schnell für mich. Die Klinge berührte meine Brust zuerst leicht, doch mit jedem Millimeter, die sie näherkam, spürte ich, wie sie mich immer weiter aufriss.

»Sumōkī...Sumōkī...«, keuchte ich voller Panik; dieser Name hatte für mich immer nur Geborgenheit bedeutet und nun klang er aus meinem Mund völlig anders. Kalt. Mein Sichtfeld wurde schwärzer, doch ihre blauen Augen hatte ich noch voll im Fokus und ich hielt mich mit meinem Bewusstsein an ihnen fest. Ich durfte noch nicht aufgeben. »Die Uhr...benutz deine Uhr...du hast eine Uhr...mit der kannst du in die Vergangenheit...weißt du das denn nicht mehr?« Meine Gliedmaßen wurden taub und kalt, meine Haut kribbelte und Sumōkīs Schreien verstummte endlich. Zunächst dachte ich, mein Hören hätte bloß versagt. Doch dann ließ sie sich erschrocken nach hinten fallen und starrte völlig entsetzt auf mich. Das Messer klapperte zu Boden. Sie packte in ihre Hosentasche und holte die blaue Taschenuhr hervor. Mit letzter Kraft legte ich meinen Kopf zur Seite, um auf sie blicken zu können. Meine Sicht war verschwommen, aber mein Herzschlag wurde wieder etwas langsamer und die Schmerzen ließen ein wenig nach.

»D-das mit...mit der Zeitreise...das war...keine Einbildung?«, fragte Sumōkī völlig verängstigt und mit weit aufgerissenen Augen. Sie kauerte sich zusammen, bis sie wie eine kleine, verwundete, zitternde Kugel dort saß, die Taschenuhr in ihrer blassen Faust, die Augen wieder auf mich gerichtet.

»N-nein...n-nein...«, mehr brachte ich nicht mehr hervor, bevor ich keine Luft mehr bekam. Alles wurde hell. Es war, als würde das Bild vor meinen Augen von der Helligkeit aufgefressen werden. Ich wollte sie schließen – ich befürchtete, von diesem Licht zu erblinden – aber ich konnte meinen Blick nicht von dem Geschehen abwenden und ich hatte Angst, erneut angegriffen zu werden, sollte ich auch nur für eine Sekunde nicht aufpassen.

»Drück da nicht drauf!«, hörte ich Tikato rufen, die Sumōkī an die Wange griff und dabei zu mir herüberblickte, obwohl sie weiterhin zu Sumōkī sprach, die die Uhr noch immer in ihrer Hand hielt und nun wieder bedenklich darauf schaute. »Ich werde dir alles erklären, aber du musst noch ganz kurz warten, hörst du?« Die hellen Umrisse begannen nun, Tikato und Sumōkī vollkommen zu verschlingen, sodass ich gegen meinen Willen immer weniger sah. Gleichzeitig spürte ich auch nichts mehr in meinem Körper. Keine Schmerzen, kein Kribbeln, gar nichts. Es gab keine Möglichkeit, mich zu bewegen und auch das Denken wurde so langsam schwieriger...und als mich dann eine angenehme Wärme umschlang, die sich anfühlte wie eine Umarmung meiner Großmutter, war ich mir sicher, dass es nun zu Ende sein musste.

-Chance-

Entweder träumte ich in diesem Moment oder ich war gestorben und befand mich im Jenseits. Falls es ein Traum war, musste es der realistischste sein, den ich jemals erlebt hatte. Ich ging einen Fluss entlang, welcher schlängelnd durch eine sehr moderne Stadt floss. Plötzlich sprang ein riesiges, schuppiges Seemonster aus dem Wasser in die Luft, welches auch vom Körperbau her einer Schlange ähnelte. Normalerweise hätte ich mich direkt erschrocken und danach wahrscheinlich tagelang keinen Schlaf finden können, doch bereitete mir dieser übernatürliche Anblick hier aus irgendeinem Grund keinerlei Angst. Mir schien alles egal zu sein. Ein unbeschreiblicher Frieden hatte sich in mir ausgebreitet, der sich scheinbar nicht stören ließ. War ich hier im Reich der Toten? Obwohl der Gedanke, tatsächlich tot zu sein, mir in gewisser Weise schon Unbehagen bereitete, hoffte ich es gerade insgeheim. Denn dies würde bedeuten, dass es etwas nach meinem Leben gab – sogar etwas Schönes, etwas Friedliches, einen Ort ohne Angst. Und diese Gewissheit hatte ich mir schon immer gewünscht, denn genau die Frage, was nach dem Tod passieren würde, hatte mir so viele schlaflose Nächte und sowohl seelische als auch körperliche Schmerzen bereitet. Diese wären nun endlich vorbei...und der Gedanke war befreiend.

Ich schlenderte ganz ohne Eile durch die helle Stadt und bewunderte dabei die Sonnenstrahlen, jeden Fleck auf dem Asphalt, die glänzenden Gebäude um mich herum; nahm jedes Detail wahr und genoss das Gefühl, nirgends hinzu- müssen. Einfach nur im Moment sein zu können, ohne jeg- liches Zeitgefühl und somit auch ohne das Gefühl, dass mir die Zeit davonlief. Schließlich kam ich in einem Park an. Die anderen Menschen, die hier waren, sprachen kein Wort und spazierten ebenfalls alle ziellos, aber ruhig durch die Ge- gend. Der Anblick hatte etwas Friedliches. Ich atmete tief ein und schloss dabei genüsslich die Augen. Als ich sie wie- der öffnete und die Luft wieder ausstieß, fiel mir etwas Schimmerndes ins Auge. Ich ging neugierig ein paar Schritte darauf zu und erblickte dort in einem reflektieren- den Kristall meinen eigenen Körper. Ich wusste intuitiv, dass es mein Körper war, den ich da sah; sonst hätte ich ihn wahrscheinlich nicht erkannt, denn der Anblick war jenseits von allem, was ich beschreiben konnte. So sehr ich mir Mühe gab, konnte ich nicht identifizieren, ob ich gerade in einem jungen oder alten Körper steckte...es war irgendwie beides und gleichzeitig keins davon. Es war, als würden so- wohl Gesichtszüge als auch körperliche Merkmale sich in jeder Millisekunde verändern und sich dabei in tausend Zu- ständen auf einmal befinden. Ich wusste nicht, ob es faszi- nierend oder doch eher schreckenerregend war, doch ich konnte nicht wegschauen. Die Welt um mich herum hatte ich komplett vergessen. Ich war nun voll und ganz auf diesen Kristall und meine Gestalt, die sich darin spiegelte, fokussiert. Dann spürte ich auf einmal ein merkwürdiges Gefühl, als würde mich jemand schubsen, aber es berührte mich keiner. Und trotzdem schaute ich nicht weg.

Ein blaues Leuchten erschien in meinem Spiegelbild und eine Befürchtung nagelte sich langsam in mein Unterbewusstsein – oder eher eine Vorahnung. Ich musste zurückkehren...ich war noch immer am Leben. Dessen war ich mir auf einmal sicher. In jedem anderen Moment würde ich mich über diese Tatsache freuen – da wäre sie die größte Erleichterung, die ich mir nur vorstellen könnte. Doch nun, wo ich gerade so schön hier stand, überflutete stattdessen Sehnsucht meinen Geist. Sehnsucht nach diesem Ort, dem Jenseits, dem Reich der Toten...obwohl er offenbar nur in meinem Kopf existierte. Alles war ich bereit aufzugeben...meine Großmutter, Sumōkī, das Zeichnen; alles, was mir Freude bereitete, wenn ich dafür jetzt tot sein dürfte, nur um an diesem Ort zu bleiben. So wohl fühlte ich mir hier. So wohl, wie ich mich noch nie irgendwo sonst in meinem ganzen Leben gefühlt hatte. In jedem anderen Moment, egal wie gut es mir ging, war da trotzdem immer dieses dumpfe Gefühl, diese kleine Stimme im Hintergrund gewesen, die laut und quälend wurde, wenn ich ihr Aufmerksamkeit schenkte oder irgendetwas Angst oder ein sonstiges negatives Gefühl in mir auslöste. Doch nicht hier. Hier herrschte absolute Stille in meinem Kopf. Ich hatte nicht einmal bemerkt, dass diese Stimme immer, in jedem Moment, dagewesen war, bis sie es hier auf einmal nicht mehr war und ich das Gefühl hatte, zum ersten Mal in meinem Leben richtig atmen zu können.

Doch nun wurde das blaue Leuchten immer kräftiger, der Park und die Menschen um mich herum immer blasser, und meine Gewissheit darüber, bald aufzuwachen, konnte ich mir selbst nicht mehr ausreden. Ich hatte keine Wahl mehr. Ich konnte meinem Schicksal nicht entweichen. Aber naja...mein Paradies war jetzt ohnehin von diesen Gedanken verseucht worden. Da war es vielleicht besser, mich gar nicht erst gegen das Unabänderliche zu wehren. Das würde mir nur die Kraft rauben, die ich höchstwahrscheinlich für das, was mich zurück in der realen Welt erwartete, brauchen würde. Ich nahm einen letzten Atemzug der frischsten Luft, die ich jemals geschmeckt hatte, und versuchte mich davon stärken zu lassen. Dann umschlang mich auch schon das blaue Licht und drohte, mich zu blenden, sodass ich die Augen zukneifen musste. Ich versuchte, mich an einem Stück des Friedens, den ich gerade gespürt hatte, festzuhalten; es mitzunehmen und zu verinnerlichen, als es sehr schnell sehr warm wurde, ich mich fühlte, als würde man mich hin und her schleudern, und schließlich meine Augen in einer ganz anderen Welt wieder aufriss. In einer Hölle, die nichts Neues für mich war.

Der Techno dröhnte in meinen Ohren, während ich mich auf meinem Kinderbett aufrichtete; eine mir nur allzu bekannte Situation. Auf dem Boden erblickte ich meine blaue Taschenuhr. Voller Wut stand ich auf und trat sie gegen die Wand, ließ mich anschließend auf den Boden sinken und lehnte mich erschöpft mit dem Rücken gegen das Bett. Das war's dann wohl auch schon mit dem inneren Frieden gewesen. Tränen liefen mir unwillkürlich die Wangen hinunter, während die laute Musik mich so sehr reizte, dass ich unkontrollierbar zitterte. In diesem Körper hatte ich meine

Angst nicht mehr im Griff; das wurde mir schlagartig und sehr schmerzhaft wieder bewusst. Ich hasste es. Ich hasste diesen Kontrollverlust, sowohl über die Situation als auch über mich selbst, meinen eigenen Geist und Körper. Ich wollte nicht hier sein. Wieso hatte ich nicht einfach sterben können? Doch dann durchbrach ein hoffnungsvoller Gedanke die Mauer aus Verzweiflung: Sumōkī war ebenfalls wieder in der Vergangenheit. Sie wurde nicht mehr von welcher Substanz auch immer beeinflusst und sie war wieder bei ihren Eltern, die in diesem Moment noch beide am Leben und glücklich waren. Das linderte meinen Schmerz ein ganz kleines bisschen. Doch dann erschien mir, wie als spöttische Antwort des Universums auf diesen kleinen Lichtblick, die Gestalt von Sumōkīs zukünftigem Ich vor meinem geistigen Auge und alles in mir zog sich bei der Erinnerung daran unmittelbar zusammen.

Würde ihr Schicksal immer so aussehen, wenn sie weiterhin bei ihrer Mutter blieb? Aber warum? Wieso würde sie sich mit Drogen und Schnitten selbst verletzen, wenn wir die ganze Zeit Freunde waren? Würde ich denn gar nichts dagegen ausrichten können? Ich hatte gedacht, ich könnte ihr mit ihren Problemen helfen oder sie wenigstens unterstützen, so wie sie es auch für mich tat. Ich würde es doch niemals zulassen, dass sie sich Schaden zufügte und in einen Drogenwahn fiel, wenn ich es verhindern konnte. Dann fiel mir noch etwas anderes ein – etwas, das ich lieber vergessen hätte. Wir waren in der Zukunft ja überhaupt keine Freunde mehr. Die Erinnerung traf mich wie ein Schlag. Ich hatte sie dort nicht einmal mehr als Kontakt in meinem Handy eingespeichert. Würde ich sie also früher oder später im Stich lassen? Würde ich dafür sorgen, dass sie zu diesem Monster werden würde, das schließlich meine Großmutter umbrachte? Wäre ich es also letztendlich, die für sowohl den Tod meiner Großmutter als auch Sumōkīs Leid verantwortlich wäre? Wie konnte ich so egoistisch sein, wenn sie sich doch auf mich verließ? Wie konnte ich sie so vernachlässigen? In diesem Moment hasste ich mich selbst, auch wenn ich es noch nicht getan hatte. Ich würde es ja anscheinend irgendwann tun. Dabei wollte ich doch nur, dass es ihr gut ging. Das war mir doch sogar wichtiger als mein eigenes Wohlergehen.

Was sollte ich nun machen? Sollte ich zu ihr nach Hause gehen? Mit ihr reden, damit wir uns einen neuen Plan überlegen könnten? Mich entschuldigen, dass ich sie dazu gebracht hatte, sich selbst zu verlieren und wahrscheinlich auch nicht mehr wiederzuerkennen? Oder sollte ich besser einfach von ihr wegbleiben? Ich wollte eigentlich gar nicht wissen, wie es ihr gerade ging. Wie schuldig sie sich fühlen musste, wegen dem, was sie schuldlos in der Zukunft getan hatte...wegen dem, was ich hätte verhindern sollen. Ich entschied mich dafür, sie in Ruhe zu lassen. Wenn sie bereit war, mit mir zu sprechen, würde sie sicher zu mir kommen und wenn nicht, dann hatte ich Verständnis dafür und wollte sie auch nicht weiter belasten oder unnötigerweise an etwas erinnern, das sie mit großer Sicherheit traumatisiert hatte. Vielleicht brauchte sie gerade einfach nur ihre Familie...auch wenn diese nur ein vergangener Schatten einer grausamen Gegenwart war. Aber da diese Gegenwart nicht mehr zu erreichen war, war das womöglich auch irrelevant. Sollte sie am besten die Zeit mit ihrer Familie genießen, und zwar immer und immer wieder, wenn das die einzige Möglichkeit war, dass es ihr gut ging.

Nach meiner Entscheidung versank ich wieder in diesem elendigen Kreislauf, den ich aber für Sumōkī gerne ertrug. Naja, gerne ist vielleicht das falsche Wort, doch ich hatte mich damit abgefunden. Ich hatte auch nichts Besseres verdient. Ich aß jeden Tag das eine kalte, labbrige Stück Pizza, brachte die Drogen für meine Eltern zum Treffpunkt und legte mich schließlich ins Bett, wo ich versuchte, in meinem Traum wieder in die wunderschöne Stadt mit dem Seemonster zurückzukehren, was mir jedoch nie gelang. Ich sehnte mich nach diesem Gefühl der Sorglosigkeit, doch sollte es mir wohl nicht vergönnt werden. Trotzdem begab ich mich jede Nacht auf die Suche danach. Tagsüber existierte ich einfach nur und durchlief die Aufgaben und Begegnungen, die anstanden, nur halb anwesend. Mir gelang es ganz gut, mich von allem abzugrenzen und mich immer weniger von dem dröhnenden Techno, dem ekelerregenden Essen und Zustand des Hauses sowie den nervenzehrenden Interaktionen mit meinen Eltern stören zu lassen. Ich war nun abgestumpft und glaubte langsam zu verstehen, weshalb sich Sumōkī in unserer ursprünglichen Gegenwart auch so verhielt. Der Gedanke daran, dass ihre Gegenwart ähnlich albtraumartig ausgesehen hatte wie meine Vergangenheit, brach mir das Herz. Deswegen hatte sie es verdient, nun hier zu sein. Und deswegen ergab es Sinn, dass sie in der Gegenwart immer so unnahbar gewirkt hatte. In manchen Situationen musste man sich so verhalten, um sich selbst zu schützen. Um zu überleben. Und darum ging es mir nun auch nur noch. Um das Überleben. Darum, jeden Tag einfach zu überstehen und jede Nacht einen neuen Versuch zu haben, zumindest für eine kurze Zeit in mein geliebtes Jenseits zu gelangen. Ich machte mir aber keine großen Hoffnungen. Wer sich keine großen Hoffnungen macht, kann auch nicht enttäuscht werden. Kann nicht von seinen Emotionen in einen Abgrund gerissen werden.

Meine Zeichnungen versteckte ich nun jeden Vormittag, um zu vermeiden, dass meine Eltern sie fanden, und ich hörte auch ziemlich schnell damit auf, sie bei meiner Großmutter zu verraten. Mir war einfach der Stress zu viel und ich konnte das Geschrei meiner Mutter, die mir dann Vorwürfe machte, nicht mehr ertragen – vor allem wenn der Tag sowieso immer wieder von neu startete. Sumōkī reiste ja allem Anschein nach jedes Mal erneut in die Vergangenheit, wenn die Katastrophe ihren Anfang nahm. Ob sie wieder versuchte, sie zu verhindern oder ob sie einfach in ihrer heilen Vergangenheit Trost suchte, wusste ich nicht – es spielte für meine Entscheidung, sie in Ruhe zu lassen, auch keine Rolle. Die Hoffnung, sie würde mich irgendwann aufsuchen oder die Hoffnung, sie würde es durch ein Wunder doch schaffen, ihre Familie zu retten und dieser endlose Tag irgendwann vorbeigehen, hatte ich auch schon längst aufgegeben. Ich hatte jegliche Hoffnung aufgegeben.

Irgendwann verlor ich mein Verhältnis zur Zeit komplett und hatte das Gefühl, als würde ich einen einzigen ewigen Tag leben. Ich wusste nicht, wie oft sich der Tag bereits wiederholt hatte – ich war nicht in der Lage zu zählen, wollte es auch gar nicht, und irgendwann vergaß ich sogar, wie man richtig denkt. Es brachte nicht mal mehr etwas, zu zeichnen, da der Fortschritt jedes Mal am nächsten Tag wieder verschwunden war. Zu Beginn tat ich es trotzdem noch, einfach um mir die Zeit zu vertreiben und mir das kleine bisschen Trost zu spenden, das mir zur Verfügung stand.

Ich zeichnete meine Großmutter, Sumōkī, sogar ein Bild von mir und meiner Angst an dem Esstisch. Doch irgendwann machte mich diese sinnlose Aktivität auch nur noch traurig, weswegen ich schließlich damit aufhörte. Das kleine bisschen Trost war aufgebraucht. Zurück in die Gleichgültigkeit. Für eine Weile reichte das dann auch. Ich hatte aufgehört, richtig zu denken oder meinen wenigen einigermaßen klaren Gedanken Aufmerksamkeit zu schenken. Dadurch gelang es mir, die Angst zu ignorieren und die Langeweile ebenso. Ich fühlte – und war – einfach nichts mehr. Einfach leer. Gab keinem Gedanken und keinem Moment mehr eine Bedeutung oder eine Wertung. Und damit glaubte ich mich eigentlich langfristig zufriedengeben zu können, da ich nicht wusste, welche andere Wahl ich noch hatte. Doch nach einer gewissen Zeit sehnte ich mich doch wieder danach, etwas zu spüren - einfach irgendetwas, irgendeine Reaktion, die dafür sorgte, dass ich mich wieder lebendig fühlte und nicht nur wie eine leere Hülle, die bloß vor sich hin existierte. Irgendwann konnte ich dieses Verlangen nicht mehr ignorieren. Es störte meine Ruhe. Ich musste etwas tun. Mit der Außenwelt wollte ich nicht interagieren. Aber trotzdem brauchte ich neue Reize.

Ich schlug mich selbst auf die Knie, um aus dieser Leere auszubrechen, und es half. Der dumpfe Schmerz weckte etwas in mir, das lange verborgen gewesen war. Er schickte brennende Signale durch meinen ganzen Körper, die mich aus meinem Stillstand weckten. Ich schlug mich fester, noch fester und noch fester. Es half, doch ich wollte den Schmerz verstärken, was mir mit meinen kleinen Händen aber kaum gelang. Sie waren nicht in der Lage, viel Schaden anzurichten, vor allem nicht, wenn ich darauf vorbereitet war.

Irgendwann war dieses Gefühl nämlich nicht mehr neu für mich, weswegen es mir auch nicht mehr viel brachte. Dann dachte ich an Sumōkī und ihr zukünftiges Ich...und an ihren vernarbten Körper. Jetzt glaubte ich, sie zu verstehen – zum ersten Mal richtig. Jetzt verstand ich, warum sie es getan hatte. Warum es ihr geholfen hatte. Und ich wollte auch, dass es mir half. Sumōkī hatte mich ja noch nie in die Irre geführt. Ich suchte nach etwas Scharfem und entdeckte schließlich meine Bastelschere auf meinem Schreibtisch. Also gut. Zeit für ein neues Kunstwerk. Ich setzte mich wieder auf mein Bett und hielt die scharfe Kante der Schere über meinen Arm. Dann hielt ich mich für einen Moment noch zurück. War das wirklich eine gute Idee? Aber was sollte mir sonst helfen, wenn nicht das? Außerdem verspürte ich keine Angst bei dem Gedanken an das, was ich tun wollte, sondern lediglich Hoffnung. Das musste doch ein gutes Zeichen sein. Ich sollte auf meine Intuition vertrauen; sie gab mir selten solch eindeutige Anhaltspunkte. So würde ich doch auch durch mein eigenes Handeln etwas Kontrolle über mein Leben zurückgewinnen. Das hatte ich mir schon immer gewünscht. Ich legte also die Spitze der Schere an der Haut meines Unterarms an und schloss meine Augen. Bald würde es mir besser gehen, dem war ich mir sicher.

»Mach das nicht!«, ertönte urplötzlich eine mir bekannte Stimme und ich zuckte zusammen. Als ich meine Augen öffnete, blickte ich in das aufgebrachte Gesicht von Tikato. »Leg die Schere weg und lass den Scheiß.« Irritiert musterte ich die Zeitgöttin und legte die Schere zunächst neben mich auf mein Bett – nicht, weil ich vorhatte, auf sie zu hören, sondern weil das hier etwas war, das ich privat tun wollte.

»W-wieso interessiert dich das?«, fragte ich und versuchte, ihr gegenüber selbstbewusst zu klingen, obwohl ihre Anwesenheit mir noch immer Angst bereitete. Doch sie sollte mein Unbehagen nicht bemerken. Ich wollte ihr diese Macht über mich nicht geben. »Selbst wenn ich mir die Pulsadern aufschneiden würde, wäre es doch genau das, was du willst.« Es fühlte sich vollkommen fremd an, so trotzig mit ihr zu reden. Es fühlte sich allgemein fremd an, wieder *wirklich* mit jemandem zu reden; ein Gespräch zu führen, bei dem ich anwesend war. Das war tatsächlich ein wenig erfrischend, auch wenn ich mir lieber einen anderen Gesprächspartner gewünscht hätte.

»I-ich...ähm...«, sie kratzte sich am Kopf und blickte sich verwirrt in meinem Zimmer um. Sie wirkte in dem Moment ziemlich harmlos und ich gewann ein wenig an Selbstbewusstsein dazu. Wieso sollte ich mich denn eigentlich zurückhalten? Was hätte ich davon, auf ihrer guten Seite zu bleiben? Das Schlimmste, was sie tun konnte, war mich umzubringen...und obwohl mir der Gedanke daran noch immer Angst bereitete, war ich jetzt wenigstens in der Lage, diese Angst zu hinterfragen. Wäre der Tod wirklich schlimmer als mein aktuelles Leben? Es bestand ja auch die Möglichkeit, dass ich wieder in meine geliebte Seemonster-Stadt zurückkehren würde. Und außerdem – glaubte ich wirklich, dass Tikato vorhatte, mich zu töten? Eigentlich nicht. Dann hätte sie es bestimmt schon getan. Sie war zu sehr mit sich selbst beschäftigt. Ich blickte sie an. Sie schaute sich noch immer um, ihre Stirn in Falten gelegt.

»Hast du etwa schon wieder vergessen, wer ich bin? Hast du vergessen, wie du Sumōkī angestachelt hast, mich zu töten?«

Sie räusperte sich und wirkte vollkommen merkwürdig, irgendwie noch desorientierter als sonst.

»Mir doch egal, ob du lebst oder stirbst, aber...wenn du nicht sterben willst, dann hör doch auf, dir so wehtun zu wollen. Wenn du auch nur einen Schnitt setzt, kann es sein, dass du da nie wieder rauskommst. Also sei mal nicht so dumm.« Ich verstand nun gar nichts mehr. Erst hatte sie gewollt, dass ich starb, und jetzt bemutterte sie mich plötzlich? Wahrscheinlich wusste sie selbst nicht einmal, was sie wollte. Aber auch wenn ich auf ihr Wort nicht viel gab, musste ich mir doch selbst eingestehen, dass ich tief in meinem Inneren davon überzeugt war, dass sie recht hatte. Selbst wenn Sumōkī die Zeit zurückdrehte und meine Haut somit wieder unverwundet wäre, würde die Narbe auf meiner Seele erhalten bleiben...dem war ich mir sicher. Der Wunsch, mich immer stärker zu verletzen, hatte mich schon einmal überkommen, weil das kleine Bisschen, mit dem ich angefangen hatte, mir nicht gereicht hatte. Wo wäre dann der Endpunkt, wenn es denn überhaupt einen gab? Wie weit würde ich es treiben? Es ging hier zwar nicht um Alkohol oder Drogen, aber ich war sicherlich aufgrund meiner Genetik sehr stark suchtanfällig. Und nach Schmerz süchtig zu sein, kam mir plötzlich auch nicht mehr so wünschenswert vor. Wenn ich nicht mehr aufhören könnte, wäre ich wieder in genau dem Zustand des Kontrollverlustes gelandet, dem ich damit eigentlich hatte entgegenwirken wollen. Nein. Das würde ich nicht zulassen. Ich musste jetzt stark bleiben, sonst würde ich es definitiv bereuen.

»Na gut...«, flüsterte ich vor mich hin, »...ich mache es nicht. Bist du jetzt zufrieden?«

»Ja«, sagte Tikato matt, verschwand von der einen auf

die andere Sekunde wieder und ließ mich verblüfft allein in meinem Zimmer mit schmerzenden Knien und einer Schere auf der Bettdecke neben mir zurück. Die Göttin der Zeit hatte mich zwar schon einige Male durch ihre verwirrte Art sprachlos gemacht, doch diese Situation erschlug mich von allen am meisten. War sie allein deswegen aufgetaucht? Weswegen war es ihr so wichtig gewesen, mich davon abzuhalten, mich zu verletzen? Egal, was der Grund dafür war, sicherlich tat sie es wieder allein für sich selbst, denn wie sollte es auch anders sein? Dennoch hielt ich ihr gegenüber mein Wort und fasste die Schere seither nicht mehr ein einziges Mal an, und zwar nicht nur, weil ich befürchtete, dass sie dann ein weiteres Mal auftauchen würde, um mich zu stoppen. Ich tat es selbst dann nicht, wenn ich das unbeschreiblich frustrierende Gefühl hatte, keine einzige Sekunde dieser Endlosigkeit mehr auszuhalten. Und das geschah nun immer öfter, denn die Magie der Gleichgültigkeit war scheinbar endgültig aufgebraucht.

Ich versank wieder in meiner erdrückenden, ewigen Leere; sie frustrierte mich unaufhörlich...doch irgendwann war mir wenigstens die Techno-Musik völlig egal. Wenn man etwas dauerhaft hört, gelingt es einem offenbar nach einer gewissen Zeit, es auszublenden. Vielleicht weiß man auch einfach nicht mehr, wie Stille klingt und hat deswegen keinen Vergleich mehr. Es war mir auch egal, woran es lag. Inzwischen hatte sich der Tag sicherlich mehr als hundert Mal wiederholt, als ein weiteres Mal das blaue Licht meinen Körper umschlang und ich wieder in meinem Bett aufwachte. Wie gewohnt, stand ich daraufhin auf, trat gegen meine Zukunfts-Uhr – das war inzwischen zu einem festen

Bestandteil meiner Routine geworden – und lehnte mich an mein Bett. Doch dieses Mal prallte die Uhr nicht gegen die Wand, sondern gegen den Kopf von Tikato, die gegenüber von mir an eben dieser Wand ihren dünnen Körper angelehnt hatte.

»Was machst du hier?«, fragte ich kühl, dieses Mal von ihrer plötzlichen Anwesenheit kein bisschen erschrocken. Ich erkannte mich kaum wieder, doch meine gelassenere Einstellung war vielleicht wenigstens eine gute Entwicklung, die im Laufe des ganzen Horrors hier entstanden war.

»Weiß nicht...ich...ich habe ehrlicherweise keine Ahnung, was ich hier tue...aber willst du...willst du vielleicht...einfach nur reden? Ich bin mir nicht sicher, aber ich glaube, wir beide haben das schon einmal gemacht und...es...es war ganz schön, wenn ich mich recht erinnere.« Sprach sie gerade etwa von unserer gemeinsamen Fahrt im Auto? Das war immerhin das einzige Mal, wo wir ein längeres, tiefgründigeres Gespräch geführt hatten. Damals hatte ich gedacht, sie wäre von meinen Fragen völlig überfordert gewesen, aber offenbar hatte die Unterhaltung etwas in ihr ausgelöst, das mir nicht aufgefallen war.

»Ähm...ja, okay«, sagte ich und kratzte mich verlegen am Kopf. Gegen neue Einflüsse hatte ich gerade nun wirklich nichts, und da sie ehrlich an einem richtigen Gespräch interessiert schien, sah ich hier auch keine Gefahr. »Was...was hast du die letzte Zeit so getrieben? Erzähl mal.«

»Ich glaube...ich habe diese Sumōkī sehr viel beobachtet. So heißt sie doch, oder?« Auf einmal wurde mir heiß am ganzen Körper. Damit hatte ich nicht gerechnet und ich war auch nicht darauf vorbereitet gewesen, über sie zu sprechen. Ihr Name löste einen dumpfen Schmerz tief in meinem Bauch aus, den ich nicht genau definieren konnte. Nichtsdestotrotz war meine Neugier geweckt worden, auch wenn Sumōkī scheinbar kein Interesse an meinem Leben mehr hatte.

»Und...und was macht sie gerade? Versucht sie immer noch, ihre Familie zu retten?«

»Zu Beginn hat sie das versucht, ja...aber inzwischen wiederholt sie einfach immer wieder den Tag, um bei ihrer Familie sein zu können. Sie wirkt glücklich.« Der Schmerz breitete sich bis auf meine Brust aus. Sie ignorierte mich also und lebte einfach nur sorgenfrei in der Vergangenheit? Ich hatte dies zwar in Erwägung gezogen, es sogar vermutet, doch die Gewissheit verletzte mich aus irgendeinem Grund dennoch. Vielleicht, weil ich das nicht gekonnt hätte, wären die Rollen vertauscht – glücklich sein, ohne dabei an sie zu denken und an das, was sie für mein Glück aushalten müsste.

»Verstehe...«, sagte ich, »...aber sie ist glücklich...und das ist alles, was zählt.« Davon versuchte ich mich selbst zu überzeugen und hoffte, dass es helfen würde, es auszusprechen.

»Aber was ist mit dir? Wieso sollst du nicht ebenfalls glücklich sein?« Verwirrt starrte ich sie an. Wieso fragte sie mich so etwas? War es ihr nicht eigentlich egal?

»Ich bin gerade nicht glücklich, das stimmt schon, aber...wirklich unglücklich bin ich auch nicht. Wenn es Sumōkī aber nicht gut geht, dann bin ich definitiv unglücklich. Daran besteht kein Zweifel.« Tikato schwieg und blickte mit ihren roten Augen auf den Boden. Was ihr wohl gerade durch den Kopf ging? Ich hatte den Drang, etwas Bestimmtes zu sagen, doch wusste ich nicht, ob es eine gute

Idee war. Aber vielleicht blieb mir keine andere Möglichkeit; vielleicht musste es einmal raus, damit ich mit dieser Situation endlich meinen Frieden finden konnte.

»T-Tikato?«, fragte ich zögerlich, woraufhin sie mir steif zunickte. »Ich gebe Sumōkī keinerlei Schuld für das, was in der Zukunft passiert ist, und sie braucht sich deswegen nicht zu quälen. Ich verzeihe ihr nicht, denn es gibt nichts, was ich verzeihen müsste. Kannst du ihr das bitte sagen?« Die Göttin der Zeit blickte mich lange an. Ich betrachtete ihre blasse Haut, die leuchtenden Risse, den Gesichtsausdruck, den ich nicht deuten konnte. Dann kam mir ein Gedanke: Warum sollte sie das für mich tun? Wieso sollte sie mir überhaupt einen Gefallen tun? Bisher waren Sumōkī und ich nichts weiter als ein menschliches Geschwür für sie gewesen, das ihre Uhren geklaut und ihr somit die Existenz um einiges erschwert hatte.

»Okay...mach ich«, sagte sie zu meiner Überraschung widerspruchslos und erhob sich vom Boden. Sie würde Sumōkī also etwas von mir ausrichten? Sie würde das wirklich tun? Mein Herzschlag setzte für einen Moment aus, als ich daran dachte, dass ich nach so langer Zeit wieder mit Sumōkī kommunizieren würde, auch wenn nicht direkt. Ich überlegte, ob ich diese Gelegenheit nicht noch mehr nutzen sollte. Gab es denn noch etwas, das mir auf dem Herzen lag? Ja...das gab es. Inzwischen wusste ich es mehr denn je, obwohl ich es tatsächlich noch nie ausgesprochen hatte.

»Und sag ihr bitte noch...«, sprach ich mit leicht wackelnder Stimme und erhob mich, woraufhin Tikato stehen blieb und mich abwartend anschaute. »Sag ihr bitte noch...dass...dass ich sie...liebe.« Endlich war es draußen, und es war wie, als hätte sich ein Knoten in meinem Herzen gelöst. Im Gegensatz zu sonst war es mir nicht peinlich, über sowas zu reden, sondern befreiend. Diese Sache hatte ich so lange in mich hineingefressen, dass mir bis zu diesem Moment selbst nicht mehr klar gewesen war, wie sehr sie mich beschäftigte. Ich hatte dieses eine positive Gefühl zusammen mit all meinen negativen runtergeschluckt, bis ich auch das irgendwann gar nicht mehr wahrgenommen hatte, und das fand ich im Nachhinein schade. Denn jetzt, wo es wieder freigesetzt worden war, fühlte es sich wunderbar an. Ich hatte seit Ewigkeiten keine so starke Emotion mehr gehabt. Und ich hatte keine Lust mehr, sie zu unterdrücken. Vielleicht war ja Schmerz nicht die Lösung, die mir das elendige Dasein erleichtern würde. Vielleicht war es das Eingeständnis dieser positiven Emotion. »Sag ihr, dass ich sie über alles liebe. Dass ich jede Sekunde mit ihr genossen habe und sie ein guter Mensch ist, egal, was sie sich einredet. Und dass ich genau deswegen will, dass sie bei ihrer Familie bleibt, dass sie die Zeit so oft zurückdreht, wie sie möchte, und dass ich sie nicht behindern werde. Sag ihr das bitte.« Ich sah Tikato flehend an. Sie blickte für einen Moment schweigend zurück. Es war ein sanfter Blick – einer, der auf ihrem Gesicht fremd und fast fehl am Platz aussah, aber mir gleichzeitig ein friedliches Gefühl gab. Dann drehte sie sich weg und verschwand, begleitet von blauem Licht, ein weiteres Mal aus meinem Zimmer. Ich wusste nicht, ob ich erleichtert war oder ihre Anwesenheit dieses Mal fast ein wenig vermisste. Ich wusste nicht wirklich, was ich fühlte.

Das Gespräch dieses Morgens beschäftigte mich auch noch auf dem Nachhauseweg, nachdem ich dem Dealer meiner

Eltern zum zigsten Mal die Drogen gebracht hatte. Ich hatte es ausgesprochen...endlich hatte ich es ausgesprochen, auch wenn es nicht gegenüber ihr selber gewesen war. Das war aber auch egal, Hauptsache sie wusste es jetzt. Zu verlieren hatte ich im Moment ja eher wenig.

»Hey«, ertönte plötzlich eine Stimme hinter mir und ich zuckte zusammen. Ich kannte diese Stimme, obwohl ich sie seit einer langen Zeit nicht mehr vernommen und in diesem Alter auch nur einmal gehört hatte. War dies etwa eine Halluzination? Es war fast unheimlich, dass sie in genau diesem Moment auftauchen würde. Doch langsam drehte ich mich um und erblickte dort tatsächlich das kleine Mädchen, das ich bisher nur einmal so gesehen hatte und dennoch so gut kannte. Ihre Haare und ihre Augen waren blau und ihr Gesichtsausdruck verströmte dieselbe Kälte wie der Restschnee auf dem Boden. Mir wurde etwas mulmig. War sie hier, um mir zu sagen, dass ich sie in Ruhe lassen sollte? Dass sie glücklicher gewesen war, als wir keinen Kontakt hatten? Dass sie nichts für mich empfand und der Gedanke an so etwas sie sogar anwiderte? »Möchtest du vielleicht ein bisschen spazieren?«, fragte sie und blickte dabei verlegen auf den Boden. Für einen kurzen Moment wusste ich gar nicht, wo oben und unten war. Ich hätte beim Verlassen des Hauses niemals für möglich gehalten, dass das hier passieren würde. Ich war nicht darauf vorbereitet gewesen, sie wieder vor mir zu sehen. Ich hatte überhaupt nicht damit gerechnet, jemals wieder in dieser Situation zu sein. Ohne dass ich wollte, löste sich eine kleine Träne aus meinem Auge. Ich war noch immer verunsichert, doch trotzdem fühlte ich wieder etwas. Endlich fühlte ich wieder etwas, und dieses Mal war es etwas viel Schöneres als Schmerz.

Egal, welche Angst ich auch vor ihrer Reaktion hatte – das warme, aufregende Gefühl, das ihre Anwesenheit mir gab, war in diesem Moment stärker.

»Ja...das würde ich gerne.«

Noch nie hatte ich einen unserer schweigenden Spaziergänge so genossen wie in diesem Moment. Sie war immer noch hier. Das musste doch ein gutes Zeichen sein, oder? Mit jedem Schritt wurde ich mir sicherer, dass sie nicht von mir angeekelt war – dass wir wenigstens wieder befreundet sein könnten – und mit jedem Schritt verschwanden deswegen auch meine Sorgen immer weiter. Wie immer lief Sumōkī voraus und ich ging ihr hinterher. Ich ließ meine Augen nicht von ihr abschweifen; musste nicht schauen, wo ich hintrat; ich folgte ihr einfach. Nach all den jämmerlichen Tagen, welche ich hatte durchleben müssen, war jede Sekunde, die ich hinter ihr herlief, das pure Glück. In diesem Moment konnte ich – wenigstens vorübergehend – fast vergessen, was alles geschehen war. Ich schaute einfach nur auf ihre blauen Haare, die ihr den Rücken runterhingen, so wie ich es schon so oft getan hatte, und die Welt fühlte sich wieder richtig an. Als hätte sich das Universum ein Stück weit wieder eingerenkt, und auf einmal war alles wieder schön. Das Geräusch, welches unsere Schritte im Schnee hinterließen, war wie Musik in meinen Ohren – wohlklingende, melodische Musik. Der kühle Wind war wie eine Umarmung der Natur. Die Leere in mir war durch solch einen simplen Moment gefüllt worden und es war fast so, als hätte es sie nie gegeben. Als wir an unserem üblichen Treffpunkt ankamen, ließen wir uns schweigend nebeneinander auf dem Baumstamm nieder.

Unsere Oberschenkel und Arme berührten sich. Zwar konnte ich ihren Körper durch unsere dicke Kleidung kaum spüren, trotzdem nahm ich jede Berührung überdeutlich wahr.

Für einige Sekunden herrschte eine unangenehme Stille, in der ich nur auf unsere Beine hinunterblickte. Dann nahm ich meinen Mut zusammen und drehte meinen Kopf, um in ihr Gesicht zu schauen. Ich holte Luft, um ihr etwas zu sagen, doch dann bemerkte ich auf einmal, wie Unmengen von Tränen ihre Wangen herunterliefen. Es war das erste Mal in meinem Leben, dass ich sie so sah. Tränen hatte ich bisher insgesamt nur einmal bei ihr gesehen, und zwar als wir uns das letzte Mal in dieser Vergangenheit getroffen hatten. Doch das hier war ein anderes Level. Ich hätte niemals gedacht, dass sie überhaupt in der Lage war, in solch einen Weinanfall auszubrechen. Es brach mir das Herz und ich wollte sie instinktiv in den Arm nehmen, doch ich hielt mich zurück.

»Ich...ich kann sie nicht retten...«, schluchzte sie und blickte mich mit ihren rot unterlaufenen Augen an. »Ich schaffe es nicht...ich schaffe es einfach nicht. Es ist wie ein Fluch...mir wurde die Hoffnung gegeben, ich könnte irgendetwas verändern, aber es ist einfach nicht möglich. Es ist so schrecklich. Doch selbst wenn ich es akzeptiere, selbst wenn ich über den Tod meines Vaters und meiner Schwester hinwegkomme, werde ich mich in der Zukunft scheinbar in ein abscheuliches Monster verwandeln.« Sie blickte mir genau in die Augen und ich erkannte ihren tiefsitzenden Schmerz. »Es tut mir so leid, Nemo...ich hätte dich fast umgebracht. Ich bin ein schrecklicher Mensch...und dann war ich zu feige, dir wieder unter die Augen zu treten, und habe dich monatelang leiden lassen.«

»Hey!«, rief ich so autoritär, wie ich nur konnte. Das war noch immer ungewohnt für mich, aber in dieser Situation war es absolut notwendig. Sie musste wissen, wie ernst ich es meinte. »Du bist kein schlechter Mensch. Wir wären niemals in diese Situation gekommen, wenn ich dich nicht überredet hätte, in die Zukunft zu reisen.«

»Aber das ist meine Zukunft!«, heulte sie weiter. Ihre Stimme zitterte heftig. »Auch in der Gegenwart habe ich mir jeden Abend meine Haut aufgeschnitten. Ich kenne es nicht anders, als meinen Schmerz mit noch mehr Schmerz zu bekämpfen. Ich werde immer so sein, wenn ich meine Familie verliere. Ich bin einfach verflucht.«

»Das muss nicht sein, Sumōkī, wir finden einen anderen Weg. Solange wir diese Uhren haben, können wir immer wieder hierher zurückkehren. Wir haben unendlich viele Chancen, dein Schicksal zu verändern.«

»Aber ich weiß nicht, wie...ich hab doch schon alles versucht, aber jedes Mal endet es im Chaos. Wenn meine Eltern doch auch Drogendealer wären, dann würde mein Vater niemals diesen Flug nehmen können.« Ihr Weinen war für mich kaum zu ertragen, es quälte meine Ohren und meine Augen. Ich wollte ihr so gerne helfen, doch ich wusste nicht, wie. Ich fühlte mich so unfähig. Ich konnte nichts tun, außer sie einfach nur hilflos anzuschauen. Doch dann durchzog mich auf einmal ein Gedanke wie ein Stromschlag.

»Du hast recht...«, sprach ich schließlich leise vor mich hin, als ich mich selbst von meiner Idee überzeugt hatte. Sumōkī beruhigte sich daraufhin ein wenig und blickte mich verwundert an. »Ich weiß, wie wir deine Familie retten können!«, sagte ich, dieses Mal etwas lauter.

»W-was?«, fragte sie mit großen Augen. Ich glaubte, Hoffnung in ihnen zu erkennen und betete, dass ich gerade keinen Fehler machte. Aber ich musste es einfach versuchen. Ich würde alles versuchen, damit es ihr besser ging.

»Sumōkī...glaubst du, du kommst irgendwie an das Handy und die Geldbörse deines Vaters ran?« Verwirrt blickte sie mich an. Sie schien gar nichts zu verstehen, doch wenigstens hatte sie sich wieder beruhigt und heulte nicht mehr so verzweifelt vor sich hin. Ich erklärte ihr den Plan. Sie hörte mir wie gebannt zu. Ich war mir sicher, wenn dies funktionierte, könnte ich nicht nur ihre Familie, sondern auch Sumōkī selbst retten.

»D-das könnte wirklich klappen«, flüsterte sie, nachdem ich fertig erzählt hatte, die Augen noch immer auf mich gerichtet, und ihr Gesichtsausdruck veränderte sich in einen euphorischen, der mein Herz einen Sprung machen ließ. »Lass es uns versuchen.« Da war sie wieder: die entschlossene, gefasste Sumōkī, die ich kannte. Sie packte meine Hand und zog daraufhin mit der anderen Hand ihre Taschenuhr aus ihrer Jackentasche. Sie lächelte mich an; es war ein ehrliches Lächeln. Ich lächelte ermutigend zurück und nach dem Erscheinen des hellen blauen Lichts wachte ich erneut in dem Bett meines Kinderzimmers auf – und zum ersten Mal war ich in dieser Situation nicht verwirrt, frustriert, wütend oder von Grauen erfüllt. Nein. Ich war hoffnungsvoll.

Als mich an diesem Tag meine Eltern mit dem Drogenrucksack ausrüsteten, wusste ich, dass es Sumōkī gelungen war. Denn meine Eltern gaben mir den Auftrag, an zwei Standorten in der Nähe Drogen auszuliefern. Nachdem ich bei dem üblichen Dealer einen Beutel abgegeben hatte, rannte ich zu Sumōkīs Haus. Aus einem geöffneten Fenster sah ich sie mir zuwinken und überreichte ihr den Beutel aus meinem Rucksack. Daraufhin gab sie mir einen Stapel Bargeld, den ich wiederum in den Rucksack steckte.

»Gut gemacht«, flüsterte ich ihr zu. »Du musst jetzt nur noch den Beutel irgendwo im Haus verstecken, wo deine Eltern ihn nicht finden können, und dann wird das funktionieren.« Sie nickte mir grinsend zu und schloss das Fenster. Daraufhin rannte ich wieder zurück nach Hause und wurde von meiner Mutter empfangen, die mir die Zeichnung von ihr und meinem Vater unter die Nase hielt. Anscheinend hatte ich dieses Mal vergessen, sie zu verstecken, jedoch spielte das keine Rolle für das weitere Verfahren und es konnte meiner guten Laune in diesem Moment nichts anhaben.

Am Abend ließ ich mich dann ein weiteres Mal von meiner Mutter abfüllen, damit auch alles genau so passieren würde wie sonst auch, und ging zum passenden Zeitpunkt zum Telefon. Als ich am nächsten Morgen auf dem Boden aufwachte, hörte ich bereits das Schreien meiner Mutter. Zum ersten Mal war dieses allerdings kein Geräusch, welches mich quälte, sondern es erfüllte mich mit Freude. Vielleicht machte mich das zu einem schlechten Menschen, aber ich war der Meinung, genug für meine Eltern gelitten zu haben. Eigentlich war es doch nur fair, wenn sich die Rollen mal vertauschten. Und eigentlich war es auch nichts weiter als eine gerechte Strafe für sie. Ich hatte sie schließlich nicht dazu getrieben, schlechte Eltern zu sein. Zum ersten Mal konnte ich das einsehen, ohne von Schuldgefühlen, Selbstzweifel und schlechtem Gewissen geplagt zu sein, und das war befreiend. Nachdem meine Großmutter mich dann in mein Zimmer geschickt hatte, kletterte ich aus dem Fenster meines Zimmers und rannte zu Sumōkīs Haus. Es musste funktioniert haben, alles hatte geklappt, da war ich mir ganz sicher – und diese Vermutung wurde zu meiner Freude auch bestätigt, als ich Polizisten vor ihrem Haus sah, die ihren Vater in einen ihrer Streifenwagen zerrten. Ich schlich mich um das Haus herum und ging bis zu dem Fenster von Sumōkī, die dort bereits auf mich wartete.

»Es hat funktioniert!«, rief sie freudig, obwohl sie stark zitterte. »Den Flug bekommt er niemals! Das muss reichen, um ihn zu retten.« Tränen formten sich in ihren Augen und das Adrenalin in meinem Körper schoss ins Unermessliche, als ich meine blaue Taschenuhr aus meiner Jackentasche zog.

»Sollen wir nachschauen, ob wir es geschafft haben?«, fragte ich mit Schmetterlingen im Bauch und hielt meinen Finger über dem Schieberegler. Sumōkī nickte.

In dem Moment begann ich selbst zu zittern. Das letzte Mal, als wir in die Zukunft gereist waren, hatte es schrecklich geendet. Auch wenn wir uns sicher waren, dass ihr Vater nun gerettet sein musste, hatten wir trotzdem keine Ahnung, was dies alles für die Zukunft zu bedeuten hatte. Aber es gab nur einen Weg, es herauszufinden, und gemeinsam würden wir die Angst vor dem Unbekannten überwinden. Als ich endlich den Schieberegler betätigte und das blaue Licht begann, unsere kleinen Körper zu ummanteln, hatte ich nur einen einzigen Wunsch: dass wir, im Gegensatz zum letzten Mal, in dieser Zukunft noch immer beste Freunde sein würden.

-Der Brief-

Es ist ein schreckliches Gefühl – den Moment zu erwarten, von dem du weißt, er wird dein gesamtes zukünftiges Leben entscheiden. Entweder würde alles gut gehen oder ich würde von Schmerz zerfressen werden; dies waren die beiden Optionen, die für mich in diesem Moment infrage kamen. Und ja, ich war mir bewusst, dass ich in Extremen dachte, aber nach allem, was passiert war, konnte ich nicht anders. Ich spürte, dass ich in einem Bett lag. Meine Augen waren geschlossen. Mein erwachsener Körper war heiß und ich konnte ihn spüren, ohne nachsehen zu müssen. Es war gerade viel einfacher, die Augen geschlossen zu halten, obwohl die Neugier natürlich auch an mir nagte. Aber solange ich nicht nachsah, wie diese Zukunft, in welcher ich gerade gelandet war, sich gestaltete, konnte es auch nicht schlecht sein. Auch wenn ich mich gerade schon in dieser Zukunft befand, war sie für mich in diesem Moment weder gut noch schlecht. Doch sobald ich die Augen öffnete, würde es für mich kein Zurück in diesen ungewissen – und daher harmlosen – Zustand mehr geben.

Plötzlich bemerkte ich ein warmes Gefühl an meiner linken Hand – ein Gefühl, welches ich nicht definieren konnte, aber es gefiel mir. Also gut. Die Neugier gewann. Ich öffnete meine Augen einen Spalt weit und als ich erblickte, was an meiner Hand war, riss ich beide Augen unwillkürlich weit auf. Meine Hand wurde von einer anderen lose umklammert, einer Hand mit blau lackierten Nägeln. Die Haut war weich und sanft. Für einen Moment gab ich dieser Berührung meine volle Aufmerksamkeit. Sie war angenehm; vertraut. Dann spähte ich weiter nach oben, den Körper dieser Person entlang, und erkannte lange hellblaue Haare. Mein Herz setzte sofort einen Schlag aus und begann daraufhin schneller zu klopfen. War sie es wirklich? Sie hatte mir den Rücken zugedreht, deswegen konnte ich mir nicht sicher sein. Doch ich musste es einfach wissen. Ich konnte nicht warten, bis sie aufwachte, also löste ich mich vorsichtig von ihrer Hand und tippte ihr dann sanft auf den Rücken. Kurz darauf räkelte sie sich und drehte sich verwirrt zu mir um. Sie umklammerte mit ihrem anderen Arm einen braunen Teddybären. Ihr Blick war kalt, ihre Augen blau, und endlich konnte ich mir sicher sein. Es schien ihr gut zu gehen, auch in der Zukunft. Mir fiel ein Stein vom Herzen.

»Nemo?«, fragte sie und rieb sich die Augen. Ihre Stimme war anders, erwachsener, aber trotzdem noch die Stimme, die ich liebte und in jedem Alter wiedererkennen würde. Daraufhin brachte sie sich in eine Sitzposition und begutachtete ihren langen schwarzen Schlafanzug, von dessen Sorte ich ebenfalls einen trug. Und erst jetzt, wo sie wach war und die Situation genauso wie ich wahrnahm, wurde mir so richtig bewusst, dass es selbst nach einer

Zeitreise für uns nicht selbstverständlich sein sollte, dass wir zusammen in einem Bett lagen.

»Ähm...scheint so, als hätte dein Zukunfts-Ich bei mir übernachtet.« Ich spürte, wie meine Backen rot anliefen, während ich diese Worte von mir gab. Es gab keinen Weg, die Situation anzusprechen, der diese Reaktion nicht bei mir auslösen würde. Sumōkī ließ sich davon jedoch nicht in Verlegenheit bringen, sondern schien die Tatsache einfach so hinzunehmen, und nach wenigen Sekunden fiel ihre Aufmerksamkeit schon auf etwas anderes. Ich folgte ihrem Blick, der nun auf die beiden Uhren gerichtet war, die an dem Fußende des Bettes lagen. Dann verließ sie das Bett und schaute sich in dem Schlafzimmer um. Es fiel mir enorm schwer, meine Augen von ihr wegzuzerren, doch mich interessierte die Wohnung auch, in der wir uns befanden. Das Zimmer war zwar zu meiner Erleichterung nicht dasselbe wie in der anderen Zukunft, jedoch war es ähnlich groß. Hatte ich etwa auch in dieser Zukunft so viel Geld verdient? Ich konnte es nicht fassen.

»Wir sind in unserer Heimat«, sagte Sumōkī schließlich, als sie aus dem Fenster schaute. Ich stand ebenfalls auf, stellte mich neben sie und blickte hinaus. Die Umgebung erinnerte mich sehr stark an den Wald, in welchem wir uns immer getroffen hatten, jedoch würden wir uns wahrscheinlich erinnern, wenn dort ein Haus gestanden hätte. Aber in der Gegend befand sich ja viel Waldfläche. Es war also möglich, dass wir nicht weit davon entfernt waren. Während ich mich weiter in der Umgebung umsah, drehte sich Sumōkī ein Stück von mir weg und begutachtete das Schlafzimmer.

»Hey...«, sprach sie sehr ruhig und als ich mich

umdrehte, sah ich, wie ein ungewohntes Lächeln ihren Mund zierte. Der Anblick ließ mir das Herz aufgehen. Sie gab mir ein Bild in die Hand, welches scheinbar auf einem der Nachttische neben einer Polaroid-Kamera gestanden hatte, und als ich die Abbildung genauer betrachtete, wurden meine Backen noch röter. Sumōkī und ich standen auf dem Foto beide in wunderschönen weißen Kimonos nebeneinander, jedoch konnte man unsere Gesichter nicht erkennen, denn wir schienen uns auf dem Bild zu küssen. Meine Arme waren um ihre Hüften gewickelt und ihre Hände ruhten auf meinen Wangen. Ein angenehmes Kribbeln breitete sich in meinem ganzen Körper aus. Ich schaute hoch und sah die wunderschöne Frau, die gegenüber von mir stand, voller Verwunderung an.

»Wir sind verheiratet«, sagte sie schmunzelnd und ich wusste nicht genau, wie ich reagieren sollte. Außerdem wusste ich auch nicht, wie mir die Ringe an unseren Fingern nicht direkt aufgefallen waren, aber es waren so viele neue Eindrücke auf einmal auf mich eingeprasselt, dass ich mir das noch verzeihen konnte. Ich war vorhin zu sehr auf das Gefühl von Sumōkīs Berührung fokussiert und deswegen nicht in der Lage gewesen, unsere Hände genauer zu betrachten. Ich konnte ihre Reaktion auf diese Erkenntnis noch immer nicht ganz deuten. Freute sie sich darüber oder war das für sie bloß eine absurde Situation? Sie schmunzelte zwar, aber das musste ja nichts heißen. Dennoch konnte ich nicht anders als zurückzulächeln bei diesem Anblick, der mein Herz mit Freude erfüllte. Aber auf einmal wurde Sumōkīs Blick vollkommen starr und das Lächeln verschwand von ihren Lippen. Doch schien ich in dem Moment an dasselbe zu denken wie sie. Wie waren wir nicht direkt darauf gekommen?

»Deine Familie!«, rief ich, wir sprinteten gemeinsam aus dem Schlafzimmer hinaus und liefen eine Treppe unseres scheinbar großen Hauses hinunter, bis wir in einem Wohnzimmerbereich ankamen. Auf einem niedrigen weißen Tisch, der neben einer Couch stand, lagen zwei Handys – eines mit einer blauen, eines mit einer roten Hülle. Sofort stürzte sich Sumōkī auf das blaue und ich blickte neugierig über ihre Schulter. Es musste alles gut gegangen sein, es musste einfach. Dieses Leben wollte ich unter keinen Umständen verlieren. Das durfte nicht sein.

»Ich bin...in einer Familiengruppe«, sprach sie verdutzt und blickte auf einen Gruppenchat. Über einigen Nachrichten stand das Wort »Papa« geschrieben, über ein paar anderen das Wort »Mama«, und über wenigen stand »Yuna«. Sumōkī scrollte nach oben und wir sahen uns gemeinsam einige Familienfotos an, die an unterschiedlichen Orten aufgenommen worden waren. Auf einigen war sogar ich mit drauf. Mir schossen Tränen in die Augen; dieses Gefühl des Glücks war kaum zu beschreiben. Ich fühlte mich so, als könnte ich fliegen. Alles, was ich jemals an Leid erfahren hatte, war in diesem Moment wie verschwunden, und es war mir fast egal, so viele Jahre übersprungen zu haben. Weil das Hier und Jetzt alles war, was ich brauchte. Sumōkī drehte sich zu mir um und ich sah, wie sich in ihren Augen ebenfalls Tränen geformt hatten. Das war ein Anblick, den ich sonst unter allen Umständen hätte vermeiden wollen, doch nun war es der schönste, den ich je gesehen hatte. Ich lächelte sie voller Liebe an. Dann fokussierte sie ihre Aufmerksamkeit wieder auf das Handy, scrollte zurück nach unten und las sich die neuesten Nachrichten durch.

»Wir...wir sind anscheinend später zu einem Familienessen eingeladen...deine Großmutter scheint auch zu kommen.« Ein weiterer Strom von Freude durchzog mich beim Gedanken daran, dass meine Großmutter auch in dieser Version der Zukunft noch am Leben war. Jede neue Sache, die ich über mein jetziges Leben erfuhr, fügte ihm eine neue Ebene des Glücks hinzu. Es schien alles gut zu sein, sogar besser als wir es uns jemals hätten erträumen können, und ich hoffte mit jeder Zelle meines Körpers, dass es keinen Haken gab. Nach all diesem Leid hatten wir uns dieses Glück mehr als verdient, dem war ich mir sicher. Ich versuchte mich auf dieses positive Gefühl zu verlassen, so ungewohnt es auch war. Aber irgendwann musste das Leben doch auch mal nett zu einem sein, oder nicht? Wir beide hatten bisher ja wirklich überdurchschnittlich viel Leid erfahren, das sah ich nun ein – keine von uns hatte das, was sie hatte durchmachen müssen, verdient. Vielleicht hatten wir ja auch deswegen die Uhren gefunden. Vielleicht war es Schicksal gewesen, oder eine Chance, unsere Leben wieder hinzubiegen. Die letzte große Herausforderung. Und nun hatten wir es endlich geschafft.

»Meine...meine Schwester...mein Vater...sie leben...«, stammelte Sumōkī; sie schien es noch immer nicht zu fassen. Wie sollte sie denn auch? Das war eine Hoffnung, die sie eigentlich längst hatte schmerzhaft aufgeben müssen. Selbst als wir den neuen Plan geschmiedet hatten, hatte sie sicherlich nicht damit gerechnet, dass er so gut funktionieren würde. »Ich weiß nicht, ob ich dafür bereit bin, sie jetzt...also...du weißt schon...«

»Das schaffst du«, sagte ich und lächelte sie ermutigend an. »Es sind noch immer dieselben. Die Nachrichten sprechen ja dafür, dass ihr noch immer ein gutes Verhältnis habt.« Sie blickte mich ebenfalls lächelnd an. Ihre Freude schien ihre Nervosität nach dem kurzen Moment der Unsicherheit wieder deutlich zu überwiegen. Ich wusste nicht, ob sie gerade einfach zu sehr von ihren Emotionen überwältigt war oder ob diese Version von ihr einfach generell offener mit Gefühlen umging und diese gerne auch mal zeigte. In jedem Fall erfreute es mich.

»Ein schönes Haus, das ihr beiden habt«, ertönte plötzlich eine Stimme hinter uns. Tikato war aus dem Nichts aufgetaucht und Sumōkī und ich waren vor Schreck zusammengezuckt. Beinahe hätte Sumōkī ihr Handy fallen lassen.

»Verschwinde!«, zischte Sumōkī wütend; es war, als wäre von der einen auf die andere Sekunde ein Schalter in ihrem Kopf umgelegt worden. »Du machst uns das hier nicht kaputt.«

»Warte...«, fuhr ich instinktiv dazwischen – ich hatte aus irgendeinem Grund nicht das Gefühl, dass Tikato uns etwas Böses wollte. Mir gelang es nun immer mehr, mich auf mein Bauchgefühl zu verlassen, und das machte mich stolz. »Sie...sie kann uns ja gar nichts tun. Wir werden ihr die Uhren immerhin nicht geben.«

»Habt keine Angst, ich will mich nicht mehr einmischen...ich...ich wollte mich nur von euch verabschieden.«

»Verabschieden?«, fragte Sumōkī. »Wolltest du nicht, dass eine von uns stirbt?«

»Alle Menschen sterben irgendwann...die Zeit, bis es so weit ist, wird für mich wie ein Wimpernschlag vergehen...also genießt euer Leben, solange ihr könnt.« Irritiert blickte Sumōkī sie an. Ich hatte völlig vergessen, dass sie Tikato ja, soweit ich wusste, gar nicht so erlebt hatte wie ich;

dass sie ihre verletzliche Seite höchstwahrscheinlich überhaupt nicht kannte. Da war es verständlich, dass sie ihr Verhalten nun verdächtig fand. Aber von meinen Begegnungen mit Tikato konnte ich ihr nachher in Ruhe erzählen. Wir hatten ja alle Zeit der Welt.

»Dann heißt das leb wohl, oder?«, fragte ich und ein ungewollter melancholischer Ton mischte sich in meine Stimme. Würde ich sie etwa vermissen? Eigentlich sollte ich doch nur voller Vorfreude auf meine gemeinsame Zukunft mit Sumōkī blicken. Wenn ich Tikato nie wieder sah, war das ein gutes Zeichen. Trotzdem war es ein wenig bittersüß.

»Ja...ja, das heißt es«, sagte sie matt. Ich blickte Sumōkī mit einem strengen Blick an, woraufhin sie die Augen verdrehte. Ich fand das unglaublich süß und konnte mein Lächeln nicht unterdrücken.

»Na schön...«, stöhnte sie, »...mach es gut, Tikato.« Die Göttin der Zeit lächelte ebenfalls leicht, machte dann eine kleine Verbeugung und blaues Licht begann sie kurz darauf zu umranden. »Ich freue mich für euch«, war das Letzte, was sie zu uns sagte, bevor sie verschwand. Diese Worte erfüllten mich mit Stolz und Selbstzufriedenheit.

Als wir am Nachmittag bei Sumōkīs Elternhaus ankamen, waren wir schon ein ganzes Stück schlauer geworden. Wir hatten die Zwischenzeit genutzt, um alle Informationen über unser Leben zu sammeln, die wir uns ableiten konnten. Unser Haus hatten wir offenbar an unserem Treffpunkt bauen lassen und der Baumstamm, auf welchem wir immer gesessen hatten, gehörte zu unserem Grundstück. Am liebsten wollte ich meinem sechsjährigen Ich – oder sogar der Version von mir, die vor kurzem noch in seinem Körper gesteckt hatte – mitteilen, dass dieser Ort, den sie am schlimmsten Tag ihres Lebens besuchen musste, irgendwann zu ihrem Lieblingsort werden würde. Dass sie sich irgendwann freiwillig hier aufhalten, alles Negative vergessen können und nur noch Positives mit dem Ort in Verbindung bringen würde. Vielleicht hätte mir dieses Wissen einiges erleichtert. Aber jetzt war ich froh, einfach hier zu sein.

Wir fanden zudem noch heraus, dass ich nicht bloß eine bekannte Künstlerin war, sondern dass Sumōkī und ich gemeinsame Mangas veröffentlichten, zu welchen sie die Geschichten und ich die Zeichnungen beisteuerte. Wir waren also ein künstlerisches Paar – dieser Begriff war für mich komplett surreal. Aber das Surrealste an dem Ganzen war nicht, dass wir künstlerisch tätig waren – sondern dass wir ein Paar waren. Immerhin waren wir als Freunde in diese Zeit gereist und das lag noch gar nicht lange zurück. Das war eine große Veränderung. Jedoch konnte ich mich selbst nicht belügen und wollte auch eigentlich gar nicht so tun, als würde ich mich nicht darüber freuen, dass Sumōkī mich anscheinend auch bereits in der Vergangenheit geliebt hatte – sonst wären wir ja in der Zukunft nicht plötzlich verheiratet. Für einen kurzen Moment hatte ich es schade gefunden, dass wir alles übersprungen hatten – das gegenseitige Geständnis, den ersten Kuss, die Verlobung, die Hochzeit. Doch dann hatte ich mich dazu entschieden, mich einfach darüber zu freuen, dass wir alles Schwierige endlich hatten hinter uns lassen können und jetzt sowieso die Zeit und die Freiheit hatten, etliche schöne Momente nachzuholen. Für uns wären sie ja subjektiv auch noch immer die ersten. Dieses warme und hoffnungsvolle Gefühl hatte mich seitdem beflügelt und bis hin zu diesem Zeitpunkt begleitet, an dem wir vor der Haustür zu Sumōkīs Elternhaus standen. Sie stand neben mir, Blick nach vorne gerichtet, und ich konnte die Anspannung, die von ihrem schlanken Körper ausging, förmlich in der Luft spüren.

»Ich weiß nicht, wie ich reagieren werde«, flüsterte sie mir zu, nachdem wir angeklopft hatten.

»Das wird, vertrau mir«, sagte ich und packte daraufhin fest ihre Hand, ohne groß darüber nachzudenken. Sie lächelte mich an und dann öffnete sich auch schon die Haustür.

»Da sind ja unsere beiden Star-Autoren!«, begrüßte uns ein mittelalter Mann mit angegrautem blauem Haar. Als Sumōkī ihn erblickte, weiteten sich ihre Augen und ich glaubte zu erkennen, dass Tränen in ihnen hochschossen.

»Hallo«, sagte ich freundlich, um ihr etwas von dem Druck zu nehmen, und schaute dabei wieder Sumōkīs Vater an, der gerade beiseite trat. Dann betrat ich gemeinsam mit ihr das Haus.

»Eh, Nervensäge, lange nicht gesehen.« Eine schwarzgekleidete und dunkel geschminkte Frau umschlang ihre kleine Schwester und daraufhin auch mich, doch Sumōkī konnte noch immer keinen Ton von sich geben.

»Hallo, Nemo«, ertönte hinter Sumōkīs Vater eine mir vertraute, warme Stimme. Sie gehörte einer Frau, die deutlich älter aussah als ich sie kannte – ihr Lächeln war jedoch noch genauso lebensfroh wie es schon immer gewesen war und es erfüllte mein Herz mit einem Gefühl der Geborgenheit. Ungewohnterweise musste ich mich bücken, um meine Großmutter zu umarmen, doch mir war das egal. Danach fiel mein Blick wieder auf Sumōkī, welche in diesem

Moment von ihrer Mutter begrüßt wurde.

»Hallo, mein Schatz«, sagte diese grinsend und umschlang ihre Tochter daraufhin. Sumōkī reagierte zunächst starr, doch nach und nach entspannte sich ihr Körper, sie erwiderte die Umarmung und drückte ihre Mutter fest an sich, woraufhin sie in eine Mischung aus Lachen und Weinen ausbrach.

»Hey...hey, was ist los?«, fragte ihre Mutter, schaute Sumōkī besorgt ins Gesicht und griff ihr an die Schultern.

»Ist alles in Ordnung?«, schloss sich ihr Vater an.

»Sicher hat sie wieder ihre Phase«, sagte Yuna scherzhaft, woraufhin Sumōkī noch mehr lachen und auch noch mehr weinen musste. Mir kamen bei dem Anblick und der überwältigenden Liebe in diesem Raum ebenfalls die Tränen. Ich konnte mir gar nicht vorstellen, was gerade in ihr vorging.

»Ich...ich...«, schluchzte sie, löste sich sanft von ihrer Mutter und blickte in die Runde, »...ich freue mich einfach nur so sehr, euch zu sehen.«

Der darauffolgende Nachmittag war einer der schönsten, den ich in meinem ganzen Leben verbracht hatte. Das Essen war unheimlich lecker, die Gespräche waren wertvoll und Sumōkīs durchgehendes Lächeln erfüllte mich einfach mit einer unbeschreiblichen Freude. Wenn ich sie dabei anschaute, dachte ich mir, dass ich nichts weiter brauchte, um endlos glücklich zu sein. Sumōkīs Vater gedachte an diesem Tag seinen verstorbenen Mannschaftskameraden und dankte seinem Schutzengel, der ihn fälschlich beschuldigt hatte, in ein Drogengeschäft verwickelt zu sein. Wenn er nur wüsste, dachte ich mir in diesem Moment.

Als Sumōkī und ich dann abends wieder bei uns zuhause

ankamen, setzten wir uns nach Vorschlag von ihr auf unseren Baumstamm und blickten in die Sterne, die hier zwischen den Baumkronen zu Tausenden und viel klarer zu sehen waren als in Tokio oder sonst wo. Das Gefühl, mit ihr hier zu sitzen, war vertraut, auch wenn es anders war. Für einen Moment hätte ich mir fast einbilden können, wir befänden uns wieder in der Zeit vor sieben Jahren, in einer Zeit, in die wir niemals zurückkehren würden. Aber in jener Zeit hätte ich meinen Arm nicht um sie gelegt und sie nicht an meinen Körper herangezogen, so wie ich es jetzt tat, und sie hätte ihren Kopf nicht auf meine Schulter gelegt – und das wollte ich nicht wieder abgeben. Ich hatte meinen Blick inzwischen auf sie gerichtet; ich konnte meine Augen einfach nicht von ihr wegzerren.

»Verrückt...«, sprach sie, die Mundwinkel nach oben gezogen und der Blick noch immer den Sternen zugedreht, die sich funkelnd in ihren Augen widerspiegelten. »Früher hätte ich direkt meine Kamera ausgepackt und so einen Moment wie diesen bildlich festgehalten.«

»Also, ich fand diese Tradition eigentlich immer ganz schön«, antwortete ich. Ich hörte das Lächeln, das ich gefühlt seit Stunden nicht hatte ablegen können, in meiner Stimme.

»Das war sie auch, aber...ich glaube, ich wollte mich durch die Bilder an diese Momente haften, falls es sie irgendwann nicht mehr geben sollte, und dadurch vergaß ich, sie einfach zu genießen. Aber das möchte ich nicht mehr...scheißegal, was die Zukunft bringt, ich will in diesem Moment leben...jetzt. Hier. Mit dir.«

»Das will ich auch.«

Sumōkī rutschte mir noch ein Stück näher auf dem Baumstamm und griff meine freie Hand, die auf meinem Oberschenkel lag. Ihr Gesicht war nun sehr nah an meinem. Ich spürte, wie Hitze meinen gesamten Körper durchströmte – das war ein mir bekanntes Gefühl, doch dieses Mal zitterte ich nicht, denn ich hatte keine Angst vor dem, was jetzt passieren würde. Im Gegenteil. Sie griff meine Wange und schaute mir tief in die Augen. Schmetterlinge tanzten in meinem Bauch herum und die blaue Farbe dieser wunderschönen Augen leuchtete mich an – es war wie, als würden sie mich hypnotisieren. Sumōkī kam mir näher, immer näher – der Moment fühlte sich ausgedehnt an, wie eine Ewigkeit, in der ich gerne verweilte – und schließlich berührte ihr Mund meinen. Dann schloss ich endlich die Augen und spürte so etwas wie Feuerwerke im ganzen Körper.

Auch wenn es die Zeit war, die uns diese Situation geschenkt hatte, war es in diesem Moment so, als würde sie gar nicht existieren und als hätte es sie nie gegeben. Das Kribbeln wanderte von meinen Lippen aus meinen gesamten Körper entlang, breitete sich bis in die Finger- und Zehenspitzen aus, und alles, was mir jemals Schmerz, Leid oder Angst bereitet hatte, war wie, als wäre es niemals Teil meines Lebens gewesen. Ich konnte mir nicht einmal mehr vorstellen, wie es war, nicht so glücklich, so im Reinen, so *vollkommen* zu sein.

Der Anblick der Sterne begleitete uns bis tief in die Nacht hinein. Wir sprachen kein einziges Wort miteinander, doch bedurfte es auch keinerlei Gesprochenes. Das Unausgesprochene, das uns beiden bewusst war, füllte die Luft um uns herum von ganz allein und es tat gut, einfach darin zu existieren. Als unsere Augen dann irgendwann schwer wurden, zogen wir uns in getrennten Zimmern um, da wir noch immer schüchtern waren – doch das war okay. Ich wusste, wir würden uns langsam dorthin tasten, bis wir keine Hemmungen mehr hatten, und dann würde ich meine Hände ihren ganzen Körper entlangtanzen lassen und mein Gesicht jede Nacht in ihren blauen Haaren vergraben. Aber ich hatte keine Eile. Ich genoss im Moment noch die Magie des anfänglichen Zögerns zu sehr und freute mich auf jeden weiteren Schritt, den wir gemeinsam gehen würden, ganz egal wann das war.

Nachdem wir uns umgezogen hatten, gingen wir gemeinsam zu Bett. Als wir dort lagen, drehten wir uns zwar voneinander weg, sodass wir mit dem Rücken zueinander lagen, doch legte sie ihre Hand auf meine linke, genauso wie am heutigen Morgen, und in dem Moment war ich mir sicher, dass es mir auch reichen würde, jede Nacht einfach nur neben ihr zu liegen. Mehr bräuchte ich gar nicht, um glücklich zu sein. Auch im Schlaf spürte ich ihre Hand wohl noch immer, die meine nicht losließ, denn im Traum ging ich mit ihr durch jenen wunderschönen Park, der sich in dieser Stadt befand, von welcher ich bereits einmal geträumt und die ich monatelang vergebens gesucht hatte. Jedoch war ich dieses Mal froh, dass es nur ein Traum war und nicht das Reich der Toten, für welches ich es einst irrtümlich gehalten hatte.

»Ich liebe dich«, hörte ich ihr zartes Flüstern nach einer Weile und spürte daraufhin ihre sanften Lippen auf meiner Wange. Ich wusste in dem Moment nicht, ob ich zwischendurch wachgeworden war oder noch immer schlief, denn es hatte sich alles schon den ganzen Abend lang verträumt angefühlt – es war mir auch egal. Es war das schönste

Gefühl, das ich jemals kennengelernt hatte, und als ich am nächsten Morgen aus dem Schlaf erwachte und daran zurückdachte, hätte ich vor Euphorie gleich anfangen können zu lachen. Aber ich hielt mich zurück, falls Sumōkī neben mir noch nicht wachgeworden war.

Meine linke Hand kribbelte, doch als ich sie anschaute, sah ich, dass sie nicht mehr von Sumōkīs Hand umschlungen war. Ich hätte mir also keine Sorgen machen müssen, dass ich sie wecken könnte. Ich stand auf und streckte mich. Draußen war es noch relativ dunkel und der Mond schien in unser Schlafzimmer; ich hatte keine Ahnung, wie früh es war, doch ich kam nicht mal auf die Idee, auf eine Uhr zu schauen. Hoffentlich hatte Sumōkī mir schon Frühstuck gemacht, dachte ich, denn ich spürte etwas Hunger. Ich würde zwar niemals von ihr erwarten, dass sie dies für mich tat, wenn sie früher aufgestanden war, aber schön wäre es natürlich trotzdem. Gähnend und mir die Augen reibend stieg ich die Treppen zum Wohnzimmer hinab und als ich unten angekommen war, gefror mein gesamter Körper. Gänsehaut breitete sich aus und mein Zittern kehrte augenblicklich zurück. Ich wollte schreien, doch kein Laut entwich meinem Mund. Ich ließ mich lediglich zu Boden fallen und blinzelte ein paar Mal, doch es änderte sich nichts an dem, was ich gerade vor mir sah.

Sumōkīs Körper hing über dem Boden, als würde sie schweben, doch es war keine Magie, die sie dort hielt. Ihr Hals war von einem Seil umschlungen, welches um die gewaltige Lampe an der Decke gewickelt war, und ihre leblosen blauen Augen, welche aus ihrem blassen Körper herausquollen, starrten mich mit leerem Blick an. Ihre gesamte Haut war mit blutenden Schnittwunden übersät, die den flauschigen weißen Teppich unter ihr rot färbten.

Zunächst konnte ich gar nicht verarbeiten, was meine Augen gerade sahen. Das durfte doch nicht wahr sein. Ich wusste nicht, wie lange ich dort kniete, doch mir war eiskalt und alles an meinem Körper tat weh. Trotzdem bewegte ich mich keinen Millimeter. Nach einer endlosen Weile formte sich ein einziger Gedanke in meinem Kopf: Wieso? Wieso hatte sie das getan? Das musste doch alles ein Albtraum sein. Das durfte doch nicht wirklich passiert sein. Das war doch nicht real. Niemals. Aber egal, wie lange ich da saß, es änderte sich nichts. Ich wurde nicht wach und das ungute Gefühl, das sich in meinem Bauch angesiedelt hatte, verriet mir, dass ich auch nicht wachwerden würde, egal wie lang ich noch darauf hoffte. Weil das hier die Realität war und alles Wunschdenken dieser Welt diese Tatsache nicht wieder rückgängig machen konnte.

Wieso nahm man mir alles Glück in dieser Welt wieder? Hatte ich anscheinend immer recht gehabt mit der Vermutung, ich könnte mich nicht auf scheinbar schöne Sachen verlassen? Noch nie in meinem Leben hatte ich so wenig recht haben wollen. Alles in mir verkrampfte, als ich auf allen Vieren auf ihren toten Körper zukroch. Ich war unfähig, viel Kraft aufzubringen, aber ich musste einfach zu ihr. Währenddessen gab ich gequälte Geräusche von mir, die sich fremd, verzerrt und weit entfernt anhörten, als würden sie von einer großen Distanz aus – über Welten, über Zeiten – bei mir ankommen. Als ich mich irgendwann unter ihrem Körper befand, griff ich ihre kalten Beine und ließ meinen Kopf mit geschlossenen Augen sinken. Blut tropfte auf meinen Kopf und ich spürte ihre Wunden, sowohl alte als auch frische, unter meinen Fingern. Dann schrie ich, oder ich heulte; vielleicht war es auch beides – es war wie ein Schmerz, der mich durchbohrte, dem ich nur mit diesem Schreien entgegenwirken konnte, doch auch das schien ihn nicht zu lindern. Trotzdem konnte ich nicht aufhören, nicht einmal als meine Kehle sich komplett rau und aufgerissen anfühlte. Dies war nicht mehr zu ändern. Dies war unumkehrbar. Das wurde mir in diesem Moment bewusst. Ich konnte kaum zusammenhängende Gedanken mehr formen, aber die folgenden hörte ich in meinem Kopf klar und deutlich: Mit meiner Uhr hatte ich nur in die Zukunft reisen können, in der ich mich jetzt befand. Und Sumōkī konnte uns mit ihrer nun nicht mehr zurückschicken. Nie wieder.

Ich steckte hier fest. Ich musste mich mit dieser Situation auseinandersetzen – ich konnte ihr nicht entweichen. Aber ich war noch nicht bereit dafür. Als mich mein kraftloser Körper meine Augen trotz meines noch immer unaufhörlichen Schreiens irgendwann wieder öffnen ließ, erkannte ich schließlich verschwommen einen Zettel auf dem Boden. Ich griff mit meiner rechten Hand danach, da ich der linken nicht zutraute, es zu schaffen, drehte dann das Stück Papier um und erkannte, dass es vollgeschrieben war. Die Trauer gab mir einen weiteren Stich in den Bauch, als mir bewusst wurde, was dieser Zettel sein musste, und ich drehte die beschriftete Seite wieder von mir weg. Ich war nicht bereit, ihre letzte Nachricht an mich zu lesen. Sobald ich das getan hätte, würde alles von ihr mich für immer verlassen haben. Mir war eigentlich klar, dass es das jetzt auch schon hatte...aber irgendwie fühlte sich das Lesen ihres Briefes viel zu endgültig an. Doch irgendwann gewann der Wunsch, ihre Tat zu verstehen, die Kontrolle über den Willen, das alles zu verleugnen. Ich wollte wissen, wieso sie sowas tun würde. Wieso sie mir das angetan hatte. Der gestrige Tag war so schön, ihre Familie vollständig am Leben und wir einfach glücklich gewesen. Das hatte sie mir letzte Nacht niemals alles vorgetäuscht. Das hielt ich nicht für möglich. Wieso also hatte sie sich umgebracht? Es ergab keinen Sinn...es konnte doch nicht sein, dass in der Nacht irgendetwas passiert war, dass ihr das Glück wieder so sehr genommen hatte, dass sie das hier tun würde. Ich atmete tief ein und aus und als ich merkte, wie meine Tränen begannen, das Papier aufzuweichen, drehte ich es panisch wieder um und begann mit zitternden Händen im Mondlicht zu lesen:

Liebe Nemo,

ich weiß, dir wird es gerade so gehen wie mir, während ich diese Zeilen schreibe. Der Gedanke daran, was dieser Anblick mit dir anrichtet, zerreißt alles in mir, aber ich hoffe, ich kann dir erklären, warum dies für mich der einzig mögliche Schritt ist, der mir bleibt.

Als ich hier mit dir aufgewacht bin und gesehen habe, wie unsere gemeinsame Zukunft aussieht, war ich unbeschreiblich glücklich. Ich hatte das Gefühl, ich wäre endlich in einem Leben angekommen, in welchem ich all den Schmerz hinter mir lassen könnte. Vielleicht ging es dir ja ähnlich. Doch bereits als ich meine Familie in die Arme schloss, spürte ich etwas in mir, das eigentlich nicht mehr da sein sollte. Einen Drang. Etwas, das mich innerlich auffrisst. Nachdem du eingeschlafen warst, habe ich mich ins Wohnzimmer geschlichen und meinen Körper genau begutachtet. Ich entdeckte Narben. Narben, die in dieser Zukunft nicht da sein sollten, in der meine Familie vollständig am Leben ist. Daraufhin stellte ich mir viele Fragen. Ich wollte wissen, wie das sein konnte. Ich las mir stundenlang unseren gemeinsamen Chat durch und stellte fest, dass wir leider alles andere als eine glückliche Ehe führen. Die Wahrheit ist, ich bin dir und deiner Karriere bloß ein Klotz am Bein. Immer wieder hast du versucht, mir zu helfen – wolltest mir einen Therapieplatz suchen oder mit mir reden, aber oftmals bin ich anscheinend für mehrere Tage verschwunden, habe dich voller Sorgen zurückgelassen und mich irgendwo anders besoffen oder verstümmelt. Und ich würde dir gerne sagen, dass das nicht ich war. Dass die Sumōkī, die mit dir durch die Zeit gereist ist, eine ganz andere sein kann. Aber das stimmt einfach nicht. Ich spüre den Drang noch immer. Ich spüre die Leere und den Schmerz, den ich nur mit noch mehr Schmerz bekämpfen will. Ich dachte immer, es lag daran, dass ich meinen Vater und meine Schwester verloren hatte, aber das stimmt wohl nicht. Ich bin einfach nur kaputt, weil ich ich selbst bin. Es hat vielleicht gar keinen Grund. Das bin wohl einfach ich. Und wenn ich nicht einmal mit dir in diesem wundervollen Leben diesen Schmerz beseitigen kann, dann wird es niemals möglich sein.

Ich bitte dich, Nemo, führe ein schönes Leben. Ich weiß, das ist unverschämt von mir zu verlangen. Aber bitte tu diese eine letzte Sache für mich, obwohl du schon viel mehr für mich getan hast, als ich jemals hätte erwarten dürfen. Führe ein Leben, das du dir verdient hast, ein Leben voller Glück und voller Liebe, und behalte einfach die schönen Dinge in Erinnerung: unsere Spaziergänge; die Zeichnung, die du für mich gemalt hast; unser Kuss. All das soll dir Kraft schenken und dich nicht traurig machen. Und denke ja nicht daran, auf Tikato zu hören, es ist mir scheißegal, was wir ihr versprochen haben. Sie kann dich nicht zwingen, ihren Platz einzunehmen. Sie soll meine Vergangenheits-Uhr wieder an sich nehmen und dich dann in Ruhe lassen, denn du sollst im Hier und Jetzt leben, das du dir hart erarbeitet hast.

Ich habe dir immer gesagt, die Angst beherrscht dich nicht – lass die Trauer dies ebenfalls nicht tun. Ich weiß, du bist stark genug dafür.

Ich liebe dich.

Sumōkī

Mit vollständig zitterndem Körper lehnte ich mich an die Couch, doch konnte ich meine Augen nicht mehr auf sie richten. Ich war nicht dazu in der Lage. Auch wenn es mir unmöglich schien, wollte ich in diesem Moment genau das tun, was sie sich von mir gewünscht hatte: an die schönen Erinnerungen denken. An sie, wie sie mir spielerisch die Zeichnung aus der Hand riss; sie, wie sie mich immer an der Hand nahm und mir zeigte, wie man atmet; sie, wie sie mich anlächelte und ihre blauen Augen, die mich voller Liebe anfunkelten. Das zarte Gefühl ihrer Lippen auf meinen; ihre weiche Hand in meiner und dieses vollkommene Gefühl, das damit einherging. All das wollte ich mit ihr verbinden, und nicht die grausame Gestalt, die vor mir hing. Aber auch wenn ich sie nicht anschaute, wusste ich noch immer, dass sie da war. Ich glaubte nicht, dass ich das jemals würde wieder vergessen können. Dann brach es weiter aus mir heraus. Die Tränen flossen mir unkontrollierbar über die Wangen, mein ganzer Körper bebte, und irgendwann spürte ich neben der abgrundtiefen Trauer noch zwei weitere für mich bisher unbekannte Gefühle, die zusammengehörten: eine flammende Wut gepaart mit einer unbeschreiblichen Frust.

»WIESO HAST DU EINFACH SO AUFGEGEBEN?«, schrie ich sie an, obwohl ich wusste, dass sie mir nicht antworten konnte. Trotzdem fuhr ich schluchzend in einem schwächeren Ton fort. »Wir hätten das doch irgendwie hinbekommen...wir haben doch bisher alles irgendwie hinbekommen, selbst die unvorstellbarsten Dinge. Das hier hätten wir doch zusammen genauso geschafft. Ich hätte deine Hände gehalten, wenn sie dir wehtun wollten. Ich hätte deine Narben jede Nacht geküsst, bis sie dir irgendwann egal wären. Aber du hast mir keine Möglichkeit dazu gegeben. Du lässt mich einfach allein...du lässt mich einfach allein...Sumōkī...warum bist du nicht bei mir geblieben? Ich hätte doch dafür gesorgt, dass es dir besser geht...ich hätte das hier verhindern können.«

»Nein, hättest du nicht«, ertönte die Stimme Tikatos, die in einer dunklen Ecke des Wohnzimmers saß und weder mich noch Sumōkī anblickte. Ich wusste nicht, wie lange sie schon dasaß; ich hatte sie bisher nicht wahrgenommen. Trotzdem hatte mich ihre Stimme in diesem Moment nicht erschrocken. Stattdessen wurde die Wut, die ich spürte, noch größer und schoss ins Unermessliche. Das Adrenalin, das sie in meinem Körper freisetzte, gab meinen Beinen die nötige Kraft, um auf Tikato zuzustürmen.

»NA, BIST DU JETZT ZUFRIEDEN?«, brüllte ich sie an, doch sie gab keine Reaktion von sich. Ich griff an ihre Schultern und schüttelte sie. »DA HAST DU JA ENDLICH DEINE TOTE! DAS, WAS DU DIE GANZE ZEIT WOLLTEST!«

»Ich wollte es nicht mehr...«, sagte sie matt und blickte mich dabei bloß mit leerem Gesichtsausdruck an, das Rot in ihren Augen etwas gedämpft. »Es hätte mir keinen Frieden gebracht...nichts kann mir Frieden schenken, das weiß ich jetzt.«

»Du willst es nicht mehr?! Ist das dein Ernst?! Erst stachelst du uns an, uns gegenseitig umzubringen, und jetzt ist es dir auf einmal völlig egal?« Ich blickte mich plötzlich hastig um, denn mir war ein Gedanke gekommen. Dann erblickte ich mithilfe des Mondscheins die blau funkelnde Uhr Sumōkīs unter ihrer Leiche. Entschlossen ging ich auf sie zu, doch Tikato war schneller und teleportierte sich zu der Stelle, wo sie anschließend die Uhr vor mir von dem Boden aufhob.

»Sobald du sie in Besitz nimmst, wirst du zur Zeitgöttin...glaub mir, das willst du nicht...das ist nur eine Kurzschlussreaktion. Hör auf Sumōkī und leb dein Leben weiter, auch wenn es schwer ist.« Der Gedanke daran, dass sie den Brief wohl auch gelesen hatte, machte mich noch wütender – ich hatte nicht gewusst, dass das möglich war. Aber das, was zwischen mir und Sumōkī war, ging sie nichts an.

»DU WEIßT GAR NICHTS! DU KANNST NICHT VERSTEHEN, WAS ICH FÜHLE, DU GEFÜHLSKALTES STÜCK SCHEIßE! ICH MUSS DAS TUN! WAS BLEIBT MIR DENN ANDERES ÜBRIG? WIE SOLL ICH DENN SO WEITERLEBEN?« Ich ließ mich ein weiteres Mal erschöpft auf die Knie fallen und erneut kullerten mir die Tränen in Unmengen das Gesicht herunter. Ich musste inzwischen vollkommen dehydriert sein und meine heisere Stimme bestätigte dies. »Ich muss sie retten! Ich werde dafür sorgen, dass es ihr gut geht, vollkommen gleich, wie lange es dauert und was ich dafür aufgeben muss.«

»Ich bezweifle, dass du irgendetwas ändern kannst, Nemo«, flüsterte Tikato monoton und blickte traurig runter auf die Uhr in ihrer Hand; ich beobachtete sie ungläubig. »Inzwischen habe ich das Gefühl, als wäre das alles hier doch kein Meer aus Zahnrädern, wie ich euch damals gesagt habe, sondern bloß ein einzelnes Zahnrad, das uns auf seiner   Bahn   hält.« »Hör auf mit dem Unsinn!«, rief ich, stand auf und ging erneut auf sie zu. »Nur weil du so vergesslich bist und es nicht geschafft hast, irgendetwas zu verändern, heißt das noch lange nicht, dass mir das ebenfalls nicht gelingt. Ich lasse mich von nichts mehr beherrschen! Nicht von der Angst, nicht von der Trauer und auch nicht von der Zeit! Ich werde sie beherrschen. Also gib mir jetzt diese gottverdammte Uhr!« Tikato blickte mich zunächst fassungslos an, doch dann begann sie plötzlich auf eine kranke Art und Weise überraschend friedlich zu grinsen. Irgendwie war ihr Gesicht gequält und doch erleichtert zugleich. Sie deutete auf meine Zukunfts-Uhr, welche ich um den Hals trug, und ich nahm sie in meine Hand.

»Leg sie dir auf die Handoberfläche«, sagte sie ruhig, wonach ich ihren Worten folgte. Sie hatte es wohl endlich eingesehen. Mir wurde trotzdem in dem Moment mulmig und ich musste versuchen, nicht in Panik zu verfallen. Auch wenn ich dies eigentlich wollte, hatte ich keine Ahnung, wie es sich anfühlen würde; ob es mir Schmerzen bereiten würde oder nicht. Doch ich schloss einen Moment lang meine Augen und dachte an Sumōkīs tote Gestalt; dachte an ihre letzten Worte; stellte mir dann vor, wie die Angst, die Trauer und ich gemeinsam an einem Esstisch saßen und ich eigentlich entscheiden sollte, was gegessen wurde...aber gleichzeitig wusste, dass die Angst und Trauer *mich* auffressen würden, sollte ich hierbleiben. Ich musste es versuchen. Ich hatte keine andere Wahl. Ich öffnete die Augen mit neuer Entschlossenheit und schluckte meine Sorgen runter. Dann platzierte Tikato Sumōkīs Uhr auf meiner freien Handoberfläche und drückte beide ein wenig nach unten. Die Uhren begannen zu leuchten, heiß zu glühen, und ich hatte das Gefühl, als würden sie sich in meine Haut reinbohren – als würden sie mit mir verwachsen. Tikato leuchtete nun ebenfalls; das Licht schien von den Rissen in ihrer Haut zu kommen und breitete sich nach und nach auf ihren gesamten Körper aus, woraufhin sie sich langsam aufzulösen begann.

»Auch wenn die Ewigkeit und das Immer mit dir verschmelzen wollen – versuche, ein Individuum zu bleiben, sonst hast du keine Chance«, sprach sie, begleitet von einem ohrenbetäubenden Windzug, der sich um uns herum gebildet hatte. Ich spürte, wie meine Augen brannten, als würde sich Feuer in ihnen bilden. »Du bist nun Tikato, ein Ich, ein Individuum. Du bist und bleibst die Göttin der Zeit – vergiss das nicht, wenn du sie retten willst.« Sie lächelte mich noch ein letztes Mal schwach an und verschwand daraufhin vollkommen. Danach hatte ich das Gefühl, als würde alles um mich herum stillstehen. Als wäre ich gar nicht wirklich da. Ein unbeschreiblicher Druck presste meinen Körper zusammen und ich konnte kaum noch einen klaren Gedanken fassen. Ich wusste nicht, ob ich mehrere Sekunden oder mehrere Jahre an diesem Fleck stand oder ob man das überhaupt mit diesen Begriffen beschreiben konnte. Ich spürte, wie Erinnerungen verschwanden; wie ich mir unsicherer darüber wurde, wer ich war.

Aus diesem Grund habe ich versucht, mir selbst meine Geschichte zu erzählen: um mich selbst zu erhalten und um diese Erlebnisse nicht zu verlieren, damit ich noch etwas an ihnen ändern kann. Doch ich spüre inzwischen, wie alles verschwindet, und ich kann mich nicht mal mehr wirklich daran erinnern, was ich mir selbst noch vor wenigen Momenten gesagt habe. Das Einzige, was ich weiß, ist, dass ich etwas verhindern muss und dass ich dies auch unter allen Umständen tun werde.

-Göttin der Zeit-

Kann man existieren und gleichzeitig nicht existieren? Jedenfalls ist das der Zustand, dem ich mich gerade ausgesetzt sehe. Ich habe das Gefühl, als gibt es mich schon sehr lange, dennoch fühle ich mich wie neugeboren. In einer beliebig gekrümmten Leere schwebe ich herum; dabei sehe ich mich von allen Seiten und gleichzeitig sehe ich nichts. Gehören diese glühenden roten Augen wirklich zu mir? Oder ist das jemand völlig anderes? Bin ich wirklich hier? Und wo ist »hier« überhaupt? Ich weiß es nicht. Solange ich vor mich hindenke, bin ich etwas, also gebe ich mein Bestes, dies weiter zu tun. Um mich herum sind viele leuchtende Planeten, zumindest sehen sie danach aus, die sich doppeln und in alle Richtungen expandieren, immer und immer weiter, und trotzdem erreichen sie mich und sich gegenseitig nie. Ich verstehe diese Art des Raums nicht; es ist, als würde es mehrere Dimensionen geben, die ich mir selbst aus irgendeinem Grund nicht einmal ansatzweise beschreiben kann.

Meine Haut schmerzt und ich habe das Gefühl, als würden sich Fetzen aus ihr herauslösen und um mich herumschwirren, doch sind dies alles bloß Vermutungen. Ich kann nicht sagen, wie lange ich schon hier bin; wie lange es mich schon gibt. Wie bekomme ich die Kontrolle über mich selbst wieder zurück? Warum existiere ich überhaupt? Hat es einen Grund, eine Bestimmung? Habe ich einen Sinn? Ein Ziel? Mein Körper fühlt sich so an, als würde man ihn in tausende Richtungen gleichzeitig ziehen wollen, aber ich weiß nicht, ob ich nachgeben soll, solange ich nicht weiß, was ich hier tue. Ich werde das Gefühl nicht los, dass ich etwas suche, aber ich komme nicht darauf, was es sein könnte. Ich versuche mich zu erinnern, aber sobald ich meine Augen schließe, tauchen Milliarden von Bildern auf, die ich nicht ordnen kann, und wenn ich sie wieder aufmache, ist es, als wäre ich eine unendliche Zeit weggewesen.

Es gibt jedoch einzelne Bilder, die mich mehr anziehen als andere. Ich fühle mich verbunden zu den weißen Landschaften auf einem ganz bestimmten Planeten...und nun stehe ich dort, ohne jegliche Erinnerung daran, wie ich hergekommen bin. Meine Füße sind eingetaucht in weißen Schnee. Vom Boden schweben weiße Flocken bis in den Himmel und jetzt, wo ich meinen Blick auf die beiden Uhren auf meinen Handoberflächen werfe, steht eine davon zum ersten Mal still. Lediglich die auf meiner linken Hand dreht ihren Sekundenzeiger langsam nach links.

Zögerlich setze ich einen Schritt nach vorne. Meine Hände brennen und der Schnee ist plötzlich verschwunden. Stattdessen ist alles trocken und heiß. Vor mir steht ein riesiges Wesen mit dicken Beinen, winzigen, gekrümmten Armen und einem riesigen Maul, das mich bedrohlich anblickt. Panisch laufe ich los, während sich der trockene Boden unter meinen Füßen auf einmal in Wiese verwandelt. Schreie ertönen, ich drehe meinen Kopf im Laufen nach hinten und sehe eine Armee von Wesen, die mir ähneln und mir hinterherrennen – und als ich meinen Blick wieder nach vorne richte, sehe ich eine weitere Armee, die auf diese zugelaufen kommt. Alarmglocken läuten, doch ich kann nicht zuordnen, ob sie von außerhalb kommen oder einfach nur in meinem Kopf existieren.

Ich stolpere und der Wiesenboden verwandelt sich zu Wasser, welches mich umarmt. Ich versinke. Es wird dunkel. Plötzlich schmerzt mein Kopf, mir erscheinen blaue Haare vor Augen und ich weiß nicht, was sie bedeuten...aber sie scheinen mir irgendwie wichtig zu sein. Vielleicht sollte ich mir auch die Haare so färben, wenn das möglich ist. In einem Friseursalon vielleicht, woher auch immer ich weiß, was das ist.

Na klar weiß ich das, ich kenne mich immerhin aus mit der Menschheit, glaube ich zumindest. Ja, die Menschheit. Ich komme auf dem Grund dieses Sees an und dort verschwindet das Wasser. Ich stehe von einem harten Boden inmitten einer modernen Stadt wieder auf. Die Stadt wird von einem Fluss geteilt, aus dessen tiefen ein gewaltiges, schlangenähnliches Seemonster in die Höhe springt, dem ich wie gebannt zuschaue.

»Welche Haarfarbe darf es sein?«, fragt mich eine große Frau mit silberner Haut, als ich auf einmal in einer blauen Kammer stehe.

»Ähm...blau«, antworte ich und auf einmal befinde ich mich auf einem Stuhl. Hinter mir steht eine Frau mit einer Schere in der Hand und ich sehe in dem Spiegel vor mir eine schulterlange blaue Haarpracht. Ich drehe meinen Kopf nach hinten und bekomme von einem Mann einen Bierkrug gereicht, währenddessen silbergekleidete Männer, die mit Schwertern ausgerüstet sind, laut singen.

»Danke«, sage ich und setze mich hin, ohne zu wissen, wann ich überhaupt aufgestanden bin. Jedoch muss ich mich direkt wieder zum Applaudieren erheben, nachdem die Theatervorführung, die ich gerade anscheinend besuche, zu Ende gegangen ist.

»WIESO KLATSCHST DU?«, brüllt mein Boxtrainer mich an. Ich muss meine Hände wieder zu Fäusten formen. Mein weißes Sport-Oberteil sowie meine dünne schwarze Hose sind verschwitzt, es ist so heiß und ich könnte eine Abkühlung vertragen. Auf einmal befinde ich mich auf einem Planeten, der nur aus Wasser besteht – wie gut, dass er mich abkühlt – und nun schwebe ich schwerelos in einer dunklen Galaxie umher, die von leuchtenden Planeten umringt ist.

Ich habe das Gefühl, als gibt es mich schon sehr lange, dennoch fühle ich mich wie neugeboren. Ich kann mich an nichts erinnern, auch wenn ich glaube, alles zu wissen, ohne überhaupt greifen zu können, was »alles« überhaupt heißt. Ein Druck will mich in tausende Richtungen zerren, aber ich will nicht nachgeben. Die Zeiger der Uhren auf meinen Händen drehen sich in alle Richtungen hin und her, und die Zahlen auf dem Ziffernblatt sind ohne klares Muster willkürlich angeordnet. Es ist das völlige Chaos. Ich bin auf dem Boden. Er brennt. Mein Kopf schmerzt. Ich stehe im Schnee. Mein Kopf schmerzt. Es sind höllische Schmerzen.

Ich will hier weg, ich will das hier alles nicht mehr. Ich suche etwas, ich muss an einen bestimmten Ort. Ein Wald, blaue Haare, ich muss da hin, ich sehe ihn, was will ich gerade nochmal? Wo ist die Antwort? Wo endet mein Leid? Ich will es ändern, aber was will ich ändern? Die Zeiger drehen sich und machen mich wahnsinnig, ich will sie nicht mehr auf meiner Haut tragen, ich drehe durch, sie müssen weg. Wer bin ich? Was bin ich? Wie komm ich hier raus? Bin ich überhaupt etwas, das entkommen kann? Da ist der Wald, aber wieso will ich da hin? Ich muss stehen bleiben.

Ein lautloser Knall ertönt und das Universum entsteht, ich bin dabei, die Erde verbrennt, alles geht zu Ende, ich sehe das Leid der Menschen, doch ich will nicht Teil davon sein. Lass mich hier raus, lass mich hier raus, LASS MICH HIER RAUS! Der Wald. Er ist da, und auf einmal bin ich im Krieg, habe einen Controller in der Hand, stürze mich von der Klippe. Der Wald – ich muss in den Wald, aber warum, ich will doch nur Ruhe, ich will doch nur Stille, ich will doch nur sein. Und nicht sein. Ich packe mit meiner rechten Hand die linke Uhr und ziehe an ihr. Es schmerzt, aber ich kann nicht aufhören. Wenigstens spüre ich meinen Körper, diesen Haufen Materie, zumindest vorübergehend. Meine Schreie helfen mir, den Schmerz zu ertragen, es muss ab, es muss ab. Blut spritzt aus der Oberfläche meiner linken Hand, aber was ist diese Verletzung schon im Gegensatz zu dem, was dieser Fluch mir antut. Wunden an meinem Körper kann ich verbinden, aber nicht die Wunden meines Ichs. Ich ziehe mit meiner blutenden linken Hand an meiner rechten, währenddessen ich mich zunächst im Sand, dann im Meer und schließlich auf einem brennenden Planeten befinde. Ich ziehe mit aller Kraft; ich muss sie loswerden, egal, wie lange ich es schon tue, egal, wie lange es schon schmerzt. Ich kann nicht aufhören. Meine Umgebung ändert sich so schnell, dass ich sie nicht einmal mehr richtig wahrnehme. Ich schreie, doch ich höre nichts; ich ziehe mit aller Kraft. Ein blaues Leuchten erscheint und ich spüre, wie die Uhren die Haut meiner Hände verlassen, ich nach hinten geschleudert werde und mit dem Kopf gegen einen Baum krache.

Ich liege zwischen feuchten Blättern und Schnee, aus meinen Händen strömt Blut, ich nehme alles verschwommen wahr. Aber ich nehme es wahr. Es ist ein ungewohntes Gefühl. Ich kann mich nicht erinnern, dass diese Uhren mich jemals verlassen hätten, und auch nicht, dass ich mich jemals so lange bewusst an einem Ort aufgehalten hätte. Oder dass ich sowas überhaupt einschätzen könnte. Plötzlich kann ich ein wenig darüber nachdenken, was hier los ist. Auf einmal habe ich Zeit, obwohl ich sie selbst bin. Ich bin immer und überall, aber dennoch nur hier. Aber wo sind meine Uhren? Wie weit bin ich von ihnen weggeschleudert worden?

Ich sehe etwas aus weiter Entfernung: ein Mädchen mit blauem Haar und blauen Augen neben einem mit orangenem Haar und roten Augen, die etwas unter den verschneiten Blättern zu entdecken scheinen. Diese dummen Menschen. Wissen sie denn nicht, was sie sich damit antun? Welches Leid sie sich aufbürden? Dass sie sich selbst damit verfluchen? Nehmt mir doch mein Leid ab, wenn ihr so scharf darauf seid. Eines verstehe ich jedoch nicht. Wie konnte ich meine Uhren überhaupt verlieren? Ich kann mich nicht erinnern, wie ich hierhergelangt bin.

Ich habe das Gefühl, als gibt es mich schon sehr lange, dennoch fühle ich mich wie neugeboren. Wie ein Ich ohne Erinnerungen an sich selbst. Doch eine Sache fällt mir in diesem Moment ein – in diesem Moment, in welchem mich die Zeit nicht in alle Richtungen zerren kann. Sicherlich weiß ich es schon immer, auch wenn ich nicht weiß, woher...aber doch, ich bin mir sicher.

Ich muss auf dieser Welt ein schreckliches Ereignis verhindern. Es ist meine Bestimmung – der Grund, wieso ich überhaupt existiere – und nur ich allein bin dazu in der Lage...denn ich bin Tikato, die Göttin der Zeit.